敗北への凱旋

連城三紀彦

終戦から間もない降誕祭（クリスマス）前夜、焼け跡の残る横浜・中華街の片隅で、隻腕の男が他殺体となって見つかる。犯人と思しき女性は更に娼婦を殺したのち自らも崖に身を投げて、事件は終結したかに見えた。しかし、二十年以上の時を経て、奇妙な縁からひとりの小説家は、殺された隻腕の男が陸軍大尉で、才能あるピアニストでもあった事実を知る。戦争に音楽の道を断たれた男は、如何にして右腕を失い、名前を捨て、哀しき末路を辿ったのか。そして、遺された楽譜に仕組まれたメッセージとは――美しき暗号が戦時下の壮大な犯罪を浮かびあがらせる推理長編。

敗北への凱旋

連城三紀彦

創元推理文庫

THE SILENT SOLO

by

Mikihiko Renjo

1983

目次

敗北への凱旋

序章――ある終戦

瓦礫を薄くまとった焼野に、夕闇はゆっくりと降りてきた。

昭和二十年八月十五日――

正午に玉音放送があって、まだ数時間が経っていない。

その正午を期して、歴史は戦後という新しい時代に流れこんだのだが、雑音まじりのラジオで一人の神の声が告げた終戦は、大多数の国民の、まだ実感にはなっていなかった。忍び難きを忍んで、大本営の発表どおり、何とか希望を繋いできたか細い糸が、突如断ちきられたのである。

肉親を犠牲にした戦に敗れた痛恨に泣く者。

陛下の御心を察して悲しむ者。

泣くことも忘れて呆然とする者。

米軍の侵略におびえる者。

玉音放送の受けとめ方は千差万別だったろうが、誰にも共通していたのは、突然の衝撃を信じきれない、呆然とした虚ろさだった。それは巨大な静寂となって、この日、国中を覆い尽していた。

何もかもが静かだった。

夏の暑い盛りである。

正午のサイレンと共に膨れあがった太陽は、歴史の最後の頁を焼き尽すように、この日の午後を通して、白い炎を降らせ続けた。灼熱の光は、また、国民全ての気持までも焼き払ったかのようだった。歴史がこうも静かな一日を迎えたことはかつてなかった。それは虚無にも似た果てしない空白であった。玉音放送の直後、皇居前では血気に走った一部将校が自決するという断末魔の狂気が演じられ、その後もぞくぞくと国民が押し寄せ泣き臥したが、白砂に影のように貼りついた姿には、処刑場へひかれ最後の天の裁きを待つ者の静粛ささえ感じられた。人人は声を挙げずに泣き続けた。

歴史が、またこうも明日のわからぬ一日をもったことはかつてなかった。一億玉砕という標語の果てにあるのが、たとえ滅亡以外の何ものでもなかったにしろ、その言葉にはまだ辿るべき一つの道があった。相次ぐ空襲に逃げ惑いながらも、人々には命を守るという目的があった。だが正午のサイレンとそれに続いた一人の地に堕ちた神の声は、人々をそんな縁からも断ちきって突如、静寂だけが蔓延った果てしない空白の世界へと投げこんだのである。周囲にはただ廃墟だけが広がっていた。その廃墟の中で、食糧難やあらゆる危機に打ち克って一つの新しい時代を生き続けなければならないという実感は、この日まだ大多数の国民にはなかったのだった。

駄々っ広い空いっぱいに燃えあがった光の炎が弱まり夕刻が近づくにつれ、静寂はますます深くなった。

そうして、そんな広漠たる静寂のかた隅でそれは起こったのである。

戦前は豪奢な洋館が並んだここ×町近辺でも、暮色が迫ると静けさが波のように広がりだしていた。

風景には、底がなかった。この周辺は、四月の半ばの空襲で戦前の面影すら追えないほど壊滅していた。恰度、波のうねりを残したまま氷結した海洋のように、瓦礫はわずかな起伏で地上に広がっている。

数時間前まで大日本帝国だった一つの国もまた、こんな瓦礫となって崩壊したのだった。遠くに議事堂の建物が広大な箱庭の玩具のように小さく見え、その右方に皇居の森がこれも底辺を這うようにひどく低く連なって見える。

夕闇は、まず地上に暗く積った。

無秩序に散乱した瓦礫が、何重にも影を重ねるのだ。灰燼は、日中に吸いこんだ熱気を噴きだし始めていた。灰燼には空襲で焼け死んだ人々の灰も混ざっている。熱気と共にその死臭が吐き出され、地上の闇をいっそう暗くしている。

生々しい熱気と何もない風景の寒々しさが不釣合だった。

初め、それは闇に覆われた大地の奥深くから地鳴りのように響いて聞こえた。

夜が近づき灯ひとつない廃墟から人影は一掃され、その時刻、その異様な物音を周辺で聞いたのは、浮浪児のような身装をして彷徨していた七、八歳の少年だけである。焼け出された孤児か何かなのか、ボロ着の方々が破れ土焼けた躰を裸同然にさらけている。荒涼たる廃墟の中で、瓦礫の一片にも充たないほどその躰は小さかった。

瓦礫の一隅が不気味な音に揺いだ。少年は怯えて、その小さな躰をさらに小さくすぼめた。地底に埋まった人々の魂が蘇って、地上につきあげてくるような音だった。

しばらくして少年は、その音が地底からではなく反対に上方から滝のように流れ落ちてくることに気づいて、空を見あげた。

陽はとうに荒野にも似た廃墟の、涯しない端に没していたが、この時刻、空にはまだほの白い明りが残っていた。

恰度、廃墟に立つ少年の小ささを真似るように、広大な空にも、その広さに紛れこむように、一機、飛行機がとんでいる。

それはいつの間にか、少年の頭上を通過しようとしている。闇に澱んだ湖底から淡い光の残った水面をあおぎ見るように突っ立って、少年は、実際その水面を這う水すましの影でも追うように、機影を見守っていた。

少年はこの日、戦争が終ったことを知らなかった。ラジオの前で人々が泣き臥している姿は見たが、それが何故かもわからなかった。

少年は、敵軍の航空機ではないかと思った。

遠すぎて機体の大きさも何もわからないのだが、プロペラの回るような音だけは瓦礫に反響して地上に波紋を広げている。B29ではない気がしたが、頭上を通過するとまもなく機影からは爆弾のようなものが落とされた。

少年は恐ろしいと思う前に、機影から不意に零れだした無数の点が、空に描いた模様の美しさに見惚れた。

それは、暮れなずんだ空が一点の穴から不意に影の露を降らせたようにも見えた。影の雫は、最初ひと条の流れに繋がって、虚空にゆったりと弧を描いていたが、やがて水中に巨大な網でも放ったように広範囲にばらまかれた。

するとまたひと条、機体からそれは流れ出し、中途から波のように崩れ……またひと条……

少年は空襲で焼夷弾が落ちてくるのを見たことがある。無数の糸を引いて夜空から降り敷いてくるその様にも恐さよりさきに美しさを覚えたが、今、夕暮れた空を舞い降りてくる影の雫にも不思議な美しさを感じていた。それは淡い光に、自らの光で燃えつきた蛍の無数の残骸が降り敷いてくるようにも見える。

やがてプロペラの音の波紋が遠ざかり、戻った静寂の中に、それは音もなく落ちてきた。糸車のようにくるくる回りながら落ちてくる。

少年はその一つに思わず手を伸ばしたが、それは少年の手を逃れるように、二、三歩離れた灰燼の中に落ちた。地上の闇で形を喪ったそれはところどころに炎のようなものを燃えあがらせている。少年はさすがに気味悪くなって足を後ろに退こうとしたが、意志とは逆に少年の躰はそれに近づいた。

少年はしゃがみこんで恐る恐るそれを手に握った。

すぐにはそれが木の枝だとは気づかなかった。少年の腕ほどの長さに切りとられたその枝には細長い葉が渦(うず)まくようにからみついて、所々に、これも少年の掌(てのひら)ぐらいの大きさに花が開いている。真紅の花弁を幾重にも重ねあわせ、暗い葉影に浮きたって見える様は、本当に燃えあがる炎であった。炎色の花弁に触れた指先から熱い血のようなものが躰の中に流れこんでくる。

枝には糸のようなもので白い紙片が結びつけられている。少年は目を凝(こ)らしたが、その紙片に書かれた文字が何であるかわからなかった。なんとかわかったのは、それが日本の文字でないことだけである。紙片に散った異国の文字は、少年が今までに聞いたことのない不思議な言葉を、うす闇のむこうから語りかけてくるようだった。

その間にも、少年の周囲に点々とそれは落ちてくる。

瓦礫の淵(ふち)に沈む花。

灰にまみれて、炎の色を弱める花。

薄闇を撥(は)ねのけて、燃えあがる花。

その午後、盛夏の光に焼かれ、燃えあがった空から、最後の炎が、そんな花の形で地上に落ちてきたかのようである。

少年はその花を一つでも多く拾おうと、駆けだした。異邦の文字も花の色も自分に何かの言葉を伝えようとしている、そんな気がしたのだ。少年は四月のこの一帯の空襲で家族の全部を喪っていた。それから四ヵ月、少年はたったひとりで焼け跡をさまよい続けて生きのびてきたのだ。大人達も同じ年頃の子供たちも、飢えきった野良犬同然の一人の子供に構っている余裕などなかった。

たった一人、小さな、その骨の透けて見える細い躰で生きてきた。それが今やっと、天から誰かが、自分に花の色で言葉を語りかけてきたのだ。

その言葉を一言でも多く聞きとろうというように少年はあちこちに落ちた花を拾いながら走り続けた。

機体はもう遙か彼方に消え果てていたが、それでもまだ降りしきる点の流れを夢中で追った。

少年は何も知らなかった。

花の枝に結ばれた紙片の文字が、仏蘭西語で〝免罪符〟という意味であること——遠い異国で遠い昔、人間の罪を宥すために神を冒瀆する人々の手で配られた贖罪の符であったこと。またその花が夾竹桃と呼ばれる花であること——夏の盛りに太陽の炎を吸って自らも炎となって燃えあがる花であること。夾竹桃の葉や樹皮には毒があること——花弁の炎の色が、人の命を焼きこがすための色であること。そしてまたその毒のために、数時間後、壊れかけた防空壕のかたすみで、何とか生きて終戦を迎えた小さな命を棄てる運命にあったこと——

少年は走り続けた。

やがてその小さな躰は瓦礫のどこかに飲みこまれ、後にはただ色濃くなった夕闇を敷きつめて廃墟だけが残った。

廃墟の方々に、花は恰度広大な荒野に消え残った無数の野火のように燃えている。

灰と化した無数の死者の命の残り火のように——

また廃墟にそれでも生き残った人々の命を今度こそ最終的に燃やし尽そうとする業火のように。

夕暮れが夜へと移りかわる短い間の、つかのまの出来事だった。

影の露の最後の一雫が地上に降りきるのを待つようにして、不意に崩れ落ちてきた終戦第一日目の夜の闇に、花の色もその炎も、埋もれていった。

昭和二十年八月十五日午後七時前後、その花は東京のかなり広範囲に降ったようである。大日本帝国はそんな花の色に送られて崩壊したのである。それは、戦争という歴史の終章に書かれた一篇の詩であった。

花を降らせたのは、東京から数里離れた厚木(あつぎ)基地の一特攻隊員である。

尤(もっと)もその特攻隊員も厚木基地の司令官も誰も、何故自分達がその花を東京の焼け跡に降らせることになったか、その理由を知らなかった。

玉音放送から六時間後、大本営からの通達と称して一人の男の声で、厚木基地に指令が入った。指令の内容は飛行場の正門に置いてある六つの南京袋の中の花を東京上空にばら撒(ま)くようにというものであった。

終戦を迎えたばかりで飛行場内は騒然としていた。前夜にはまだ多くの若者が滑走路から死にむかって飛びたっていったのである。生と死のドラマが極限状態で演じ続けられてきた渦中で、唐突に迎えた敗戦である。玉音放送と共に何の意味もなくなった滑走路は、ただどこまでも長く続き、夏草の影だけが、照り返される白い光に揺れていた。人々の心も滑走路のだだっ広さに呑みこまれたように麻痺(まひ)していた。誰ひとり疑うことなく、指令はただちに実行に移された。夕映えが灰色に薄まる時刻、幾多の若い命を死の大空へと放り出した滑走路から、こうして最後の特攻機が花を積んで飛びたったのである。

その特攻機が戻り、夜が落ちる刻(ころ)になると、さすがに首をひねる者が現われた。念のため本部に連絡をとると、そんな指令を発した覚えはないという。改めて正門の警備員から聞きだしたところでは、夕刻そのおかしな指令が入った直後に、正門前を通過した一台のトラックからその花の詰まった南京袋は放り出されたらしい。トラックは南京袋を落とす際、速度をわずかに落としただけで、やがて砂煙の中へ消えていった。

トラックを運転していた者の姿も目撃されていないし、秘書官のような口調で指令を伝えてきた男の正体もわからなかった。

夾竹桃は枝や葉に毒を含んでいる。終戦が信じられなかった狂人じみた愛国者が、その毒を撒き散らして一億玉砕の標語を遂行しようとしたのか——それとも花の枝に結ばれていた免罪符から考えると、戦争に批判を抱いていた一狂信的基督(キリスト)教徒が、神を冒瀆した国民に自決を要求したのか。

何もわからぬまま、結局この事件は、大方狂人の大した意味もない悪戯（いたずら）だろうという程度の憶測で片づけられてしまった。その狂人が夾竹桃を毒として東京中にばらまきたかったのかどうかも定かではない。

その毒のために、都民に死者が出たという報告はなかった。戦争は終結したが、その後も飢（き）餓（が）と病気と負傷とで、多くの死者が出ている。八月十六日の朝、廃墟の一画の防空壕で、崩れかけた入り口からさしこむ朝の光に手をさしのべるように倒れていた少年の死も、そんな一つとして誰からも省（かえ）りみられることはなかった。

もちろん焼け出された都民の一部は、焼け跡の方々に、炎の嵐の残り火のように点々と散っている花をみとめた。だが、終戦の衝撃が一陣の風のように通過した後、人々はその日一日の命を繋ぐ術（すべ）を見つけるのに夢中にならなければならなかった。

花は、そんな現実からはおよそかけ離れた幻のような遠い場所に落ちていたのだ。少年が聞いた誰かの言葉を、その花にも紙片の異国文字にも感じとった者はなかった。誰の目にも花は、焦土の灰や石と変りなく映った。

翌日も陽ざしは強かった。花はその日のうちに枯れ、紙片の文字も灰にまみれて消えた。

花をみとめた者の中には仏蘭西語を読める者もいただろうが、たとえそれが免罪符とわかっても、罪という言葉を胸に響かせた者はなかっただろう。数限りない殺戮のくり返された戦争という巨大な罪の前では、一個人の罪などあまりに卑小であった。花が灰となって焦土に沈むころには、そんなわずかな人々の記憶からも、それは消えていった。

花と贖罪で飾られた一つの終戦の風景は、こうして、歴史の大きな変換期の、空白にも似た一頁に葬られ、忘れ去られたのである。

もう一つの序章——もう一つの終戦

銃声は、ト短調の不協和音に似ていた。主和音のミを外していた。

——その音はまちがっている。

不意になぜ自分の体が床へと崩れはじめたのかわからぬまま、彼はそんなことを叫ぼうとした。彼にはなにもわからなかった。なぜ数分前扉を突き破るようにして入ってきた女がいつものようにすぐに自分にすり寄ってくることなく、扉を背にして突っ立ち、ぼんやり彼の方を眺めていたか、いつも通り、白い手編みのショールで顔の半分を闇に埋め、片方の目だけで言葉にはならない淋しさを訴えるようにしてじっと彼の顔を見守っていたか。そうして「どうした」と彼が機嫌をとるように声をかけ近寄ろうとしたとき、突然いつもより早い中国語で「もう何もかも終った」とか「あなたは死ななければならない」と女は叫んだ。自分でも何を喋っているかわからぬといったカン高く吐き出される声は、淋しげな顔色と似合わなかった。袖(そで)を通さずに羽織った外套(がいとう)の胸もとを押えつけた指が蒼(あお)くなって、小さく震えている。

降誕祭(クリスマス)の前夜だった。この横浜の中華街の焼け跡近くにある小さな安宿もホールに色電球を飾り、祝祭らしい彩りで装われている。どこかの部屋から、酔った米兵が陽気に謳(うた)いあげるジングルベルズが響いていた。
「寒いのか」早口の中国語をほとんど聞きとることができず、彼は笑いかけるように唇を歪(ゆが)めてさらに近づこうとしたが、女は拒むように首を振った。そして震える指で、突然外套の胸陰から銃器をとり出したのだ。銃口の黝(くろ)い穴が、女のぼんやりした目よりしっかりと彼を見据えていた。今度こそ彼は本当に笑おうとした。悪い冗談はやめろ、と言いたかった。まだ三日前の晩、女はこの部屋で彼に身をあずけ、喜悦の涙を流したのだ。そして、降誕祭前夜(クリスマス・イヴ)には何か素晴らしい祝いをしようと言った。

女の目から涙が頬(ほお)を伝い、その指が銃の引金にかかったときも、彼はこれがイヴの夜を祝福する楽しい一芝居だと思っていた。まだ一ヵ月前、女は、この何もかも壊れた国で、彼がいなければ生きていけないと言ったのだった。

外套の胸もとから零(こぼ)れた中国服の緋色が血の色に似ていると思ったとき、銃口から白い光が炸裂した。痛みはなかった。突然胸に重い衝撃がぶつかってきて、一瞬体は背後にとぼうとした。彼はなんとか両足でその体を支えると、数秒、自分が立っている場所もわからないというように、ぼんやり女の顔を眺めていた。女の、涙が滲(にじ)んだ目は洋灯(ランプ)の淡い光を集めている。彼は女の名を呼ぼうとしたが、もう思い出せなかった。ただ、銃声が狂った和音で炸裂した時、不意に耳に蘇った一つの曲と共にぼんやり立っていた。

ミ――ファミレドシーラーソ――

ちょうど三年前、終戦の年の末に、大陸からの引揚げ船の中で、彼が忘れようと決意した曲だった。だが完全に忘れきることはできなかったのだろう。忘れられないものを三年間なんとか忘れようとした。それだけが彼の戦後だった。今、一発の銃声は、彼が無理矢理過去の闇にその旋律を閉じこめようとした一つの扉に命中し、小さな穴から、音はゆっくりと流れだした。

ミ——ファミレドシーラーソ——

その静かな旋律と共に、彼の体はゆっくり床へと崩れだした。

壁で崩れかけた体を支えようと、彼は咄嗟に右腕をさし出そうとした。この最後のとき、彼は自分の体に右腕がないことを忘れていたのだ。終戦の数日前、満州（中国東北部）辺境の戦場で彼は右腕をつけ根から喪っていた。腕のない肩は空をも摑み損ね、体は右に傾いて、そのまま床にうつ伏せになって倒れた。

天井の薄闇に、銃が吐きだした硝煙が薄くたなびいている。爆薬の匂いに、黄色い砂が光の粒のように舞いだした。あの満州の戦場でも彼は、そんな風にあお向けに倒れ、駄々っ広い空に爆薬の煙にまじって、黄色い砂が舞うのを眺めていた。「突撃！」の合図と共に壕から死にむかってとび出し、数歩も進まぬうちに、爆風に体が飛んだ。意識をとり戻したとき、広すぎる空に無数の黄砂が流れていた。周囲には大地に影のように黝く貼りついて死骸が散乱していた。その夥しい命が無数の黄色い光に砕けて空いっぱいに漂っているように見えた。

あの時も苦痛はなかった。数歩先に、半ば砂に埋もれて落ちている人の腕が自分のものとはすぐにはわからなかった。生きるか死ぬかは、追いつめられた人間には何の意味もない。彼の体には異国の砂が降りかかってくる。その砂にうっすらと埋もれて、大地に溶けこんでいくような静かさを感じながら、彼は、不意に自分の体と人生から切り離されて落ちているその腕を眺めていた。

砂を浴びた指は、少し内側に折り曲げられたまま動かなかった。何かを摑もうとして摑み損なったように見えた。

その指先から流れだした音楽に、彼はあの戦場でも死を忘れ聞き惚れていたのだ。

ミ――ファミレドシーラーソ――、ファ――ソファミレドードーソ――……

それはポーランドの名高い作曲家が、独奏曲の第三楽章のために書いた旋律だった。第三楽章の暗い葬送行進曲は、中間部でまったく突然、長調の、清浄な、優しい、このうえなく慈愛に溢ちた旋律を謳いだす。人々が〝天使の慰さめの歌〟と呼んだその旋律は、祖国を追放され、誰より祖国を愛したその作曲家が、祖国の滅亡を悼んで書いた悲歌だったのだろう。ずっと昔、戦争の始まるずっと昔、初めてその曲を鍵盤にむかって弾いた時、楽譜通りに葬送行進曲の歩調を暗く運んでいた指から、不意にその天使の歌が流れ出したときの感動を忘れることはできなかった。自分の指が奏でる旋律の美しさが信じられなかった。そしていつか自分は死の間際にこの音を思い出すだろうと思った。ほんとうにその旋律は、死に似合っている。

あの戦場でも彼は一度死んだ。その死を三年後の今、荒廃した祖国の片すみで、誰からも忘れられた敗残者としてもう一度死のうとしている。大陸の砂に右腕と共に葬ったはずの、その旋律にもう一度静かに耳を傾けながら――

天井を舞っていた幻の砂塵は、ゆっくりと闇に溶け始めた。

ただ黒白の美しい音が、最後の闇に無心に舞い続けている。戦中の四年、戦後の三年、あわせて七年の荒廃した歳月を通りこしてなお、その音はわずかも色褪せることなく、澄み輝いている。戦争ですべてを喪った彼が、戦前から今日迄無傷のまま運んできたものは、その音だけである。その音だけが、彼を戦前の幸福な、甘美な、美しい時代に繋げていた。

そして、それはそんな美しい時代の最後の朝だった。前の晩、彼はある邸宅で開かれた晩餐会に招かれた。暗雲が、あの美しい時代を飲みこむ寸前の、最後の祭りの場だった。祭りは夜明けまで続いた。倒れた酒壜(さかびん)、羽毛のソファに酔い潰れた男たち、床に落ちた黒と金の扇――そしてピアノ。天使の歌を弾き続ける彼の指に、冬の朝の光が柔らかくあたっていた。

彼がその美しい中間部(トリオ)を弾き終え、再び始まる葬送行進曲の暗い和音に踏みこもうとしたとき、不意に誰か人影が扉から駆けこんできて、「開戦だ!」と叫んだのだった。「日本軍が真珠湾を攻撃したぞ」目ざめた人々のざわめき、「万歳」の声――その時から彼の人生は狂ったのだった。一週間後の出征命令、軍靴、日の丸の行列、門司からの船出、南の島の密林、満州、辺境での最後の戦闘、廃墟と化した祖国、一人の女、今度こそ最終的に床に倒れた自分の体――そしてその不幸のすべてを予言するように、昭和十六年十二月八日、冬の朝の光の中で不意に葬送の短調へと崩れたあの時の指。

一章――ある戦後

1

荒木茂三(あらきしげぞう)が、横浜の中華街近くで起こった殺人事件の連絡を受けたのは、十時を回る時刻だった。昭和二十三年十二月二十四日の降誕祭前夜である。荒木はまだ二十代後半に入ったばかりで、この年発足した戦後民主化警察の第一号ともいうべき若い刑事である。一緒に組んだ橋場修平(はしばしゅうへい)は戦前からの刑事で、荒木とは親子ほど離れていた。

現場は、中華街から一キロほど離れた安宿の一室だった。戦争で中華街近辺は壊滅し、この頃まだ復興と呼ぶにはあまりに猥雑(わいざつ)な混乱が周辺に蔓延(まんえん)していた。この辺りは署の風紀係が目を光らせている売春地区である。

その宿は、焼け残った洋館を戦後、宿の主人が買いとって経営していたものである。宿の主人は日本人で、五十過ぎの目つきが強欲そうな男である。

現場は、建物の二階の、つきあたりの一室であった。死体は、床の中央にうつ伏せに倒れていた。革の上衣を着て、紺と灰色の縞(しま)のズボンをはいている。服装からみるとヤクザ者のようであった。短めに刈った髪が額のあたりだけ少し長く伸びて、垂れている。三十代後半ぐらいの年齢であった。

拳銃がドア近くに放り出され、弾丸は心臓に命中していた。即死だったと推定される。

男は血の海の中で、ドアにむかって左腕をさしのべ、何かを掴み損ねたように手を半ば開いていた。

右腕がない――

荒木が現場に駆けつけたときは、宿の主人や近くの部屋にいた者から事情聴取が済んでいた。

「愛欲のもつれ、というところだな」

橋場は、虫歯を頬の上から押えつけながら痛そうに顔を歪めて言った。

男は、今年の初めからちょくちょく来るようになった常連客だという。名は津上芳男（つがみよしお）。仕事は判らないが、風体から見てまともな世渡りをしているようには思えなかった。一度、入り口でぶつかりかけた蓮葉組の一人と親しげに口をきいていたので、暴力団員か何かだろうと想像していたという。

時々、懐中時計やら指環やら金目のものをもってきて、見せびらかし、金のかわりにそういった品を置いていくこともあった。酒に酔っぱらって女を連れこみ、部屋がないと断ると、怒って客の入っていた部屋に怒鳴りこみ、米兵相手に大喧嘩をしたこともあった。この時、男は上衣の内側から銃をとり出し、米兵はそれで慌てて逃げだしたのだが、そのときの銃が、現場に落ちていたものと同じらしい、と主人は証言している。

男が連れてくるのは、一目で商売女とわかる下卑た化粧の女たちだった。最初のうちは来る度に別の女を連れていたが、この二ヵ月ほどは女の顔が決まっていた。その女も厚化粧や着ている物で商売女とわかったが、他の女達に比べると、口のきき方が穏やかだった。どことなく、おっとりした印象があった。

今夜、男は九時少し前に入ってきて、

――あとから女が来るから通してくれ。

と言った。少し酒に酔っており、いつもと異った様子はどこにもなかった。

女は、それから十分ほどで入ってきた。ショールで顔半分を隠すようにしていたが、初めての女だとはわかった。

――ツガミ、部屋、どこ。

女はそんな聞き方をした。抑揚が日本人のものではない。朝鮮人か中国人の感じであった。部屋の番号を聞くと、女はすぐに二階にあがった。そして、ものの五分も経たぬうちに銃声が聞こえた。

この日はイヴの晩である。米兵が何人かの商売女を連れこんでお祭り騒ぎをしている部屋があった。その部屋でシャンパンでもぬいたのかと思ったが、それにしてはおかしい。主人が上がっていくと、廊下はあちこちの部屋から既に客達が姿を見せ心配そうにうろうろしている。

津上が倒れていた。女の姿はない。部屋は廊下の突きあたりだが、その部屋の横に、裏から細い、梯子のような階段が、露地に落ちている。女の姿を見たものはないが、他の部屋の客が銃声の聞こえた直後、その階段を駆けおりる足音を聞いている。女は、その裏階段から逃げたらしかった。

「隣にいた女が、やっぱり発砲直前に中国語のような言葉で女の声が叫ぶのを聞いている——日本人じゃないな」

橋場がいった。

死骸には弾丸が一発しか入っていない。

位置からして、女は戸口近くに立ち、部屋の中に立った男を真っ正面から撃ったと想像される。

窓の外は油くさい運河になっている。運河の湾に流れこむ辺りに、小型の船が碇泊している。その窓に灯が点り、人影が踊っている。かすかな歌声が夜風に運ばれてくる。イヴの晩を祝っているのだろう、その祝祭とは切り離されて、こんな場末の淫売宿に投げ出され動かなくなった男に、たとえヤクザ者であっても荒木は、同情を覚えた。

「これは——」

死骸の服を改めていた橋場が、胸ポケットから小さくたたまれた紙片をとり出して、開いた。

「詩のようですね」

覗きこんで荒木は言った。書きつけのような乱雑な鉛筆の字で〝落葉〟と題名らしいものが書かれ、その後に、こう記されている。

秋の日の
ギオロンの
ためいきの
身にしみて
ひたぶるに
うら悲し

鐘のおとに
胸ふたぎ
色かへて
涙ぐむ
過ぎし日の
おもひでや

げにわれは
~~うらぶれて~~
こゝかしこ
さだめなく
とび散らふ
おちばかな

〝げにわれは〟で始まる三節目は、二行目を削除するように、これも鉛筆で棒線をひいている。乱雑に見える字は、奇妙に歪んでいる。これは左手で書いたとも想像できるが、とすると本人自身が書いた可能性が強い。肌が浅黒く精悍な顔立ちだが、字は小さかった。

「どこかで読んだことがある詩だな」

橋場がぽつんと言った。

荒木は記憶がなかった。荒木は戦争にはとられなかったが、それでも世にいう〝青春〟を、暗い時代と生きのびることだけを考えなければならない生活に埋めた一人である。詩の甘美さとはおよそ縁のない暮しをさせられてきた。

付近一帯を捜索しにいった刑事が、何の手懸りもない、と言って戻ってきた。まだ、女を付近で見かけた者は出ていないようである。裏手の運河沿いの闇に紛れて逃げれば、かなり遠くまで人目につかず、逃げられるのだ。

ともかく蓮葉組を洗うことにした。蓮葉組は、戦後、勃興した暴力団で、この付近一帯を縄張りにしている。

津上は蓮葉組に所属してはいなかった。ただ組員の中に、津上の名を知っている者が二、三おり、津上のことなら、石川という幹部が詳しいはずだと言った。石川鉄夫なら橋場も荒木もよく知っていた。蓮葉組は隣接の組と絶えず小競り合いを起こしているので、その関係で、署でも街角でも何度も顔を見ている。もう三十を越しているし貫禄もあるのだが、どこかにいつまでも三下ヤクザのような愛敬のよさがあった。

何軒目かの屋台のような小さな酒場で、石川は女二人と飲んでいた。橋場を認めると、針のような細い目に皺を集めて愛想笑いをした。

「死んだんですか――あいつ」

石川は愕くと、可哀想にと呟くように顔を歪めて舌打ちをした。

石川が津上に会ったのは去年の末である。二、三度偶然、酒場で顔を合わせ何となく喋るようになったのである。表面は自堕落に装っていたが、どこか筋金入りのところがあり、酔っても目の端に凄味のようなものが、滲んだ。

定職がないようなので組に誘ったが、それには応じなかった。ただ、

――俺は片腕だが、銃のあつかいは上手い。いつでも手助けできることがあったら言ってく

れ。

と言った。事実、一度酔っ払ったチンピラが冗談で津上の不自由な体を茶化すと、酔い潰れていた津上は不意にしゃんと立ちあがり、何か怒声のようなものを吐き出すように口もとを震わせたのだが、このとき信じられないような素早さで銃をとり出した。体中が怒りで震えていたが、銃を握る手だけが、相手をしっかりと捉えて静かなほどに落ち着いていた。

相当腕が立つようなので、組の危険なとりひきにも二、三度つき合ってもらったことがあった。その礼に、石川の方でも津上の持ってきた品を捌(さば)いてやったことがあるという。

「品?」

「反物や掛け軸ですよ。絶対に盗品じゃない、上野の闇市で安く買った品だから、ちょっと高く売ってくれればいい——そう言うから引き受けてやりましたよ」

「どこに住んでいるか知っているか」

S町の外れに中国人の集落がある。そこに住んでいると聞いたことがあると言う。

「津上の周りに、中国人の女はいなかったか」

「いましたよ。一緒に住んでる奴でしょ、リンランとか呼んでましたがね——あの女が何か」

「いや——」

「まさかあの女が殺(や)ったんじゃないでしょうね」

「どうしてだ」

橋場と荒木の顔色を見て、石川はやっぱりと言うようにまた舌打ちをして、

「春頃からリンランとは上手くいってなかったようだから。日本人の女ができたんですよ、そのことでリンランと喧嘩みたいなことがあったと――」

「その日本人の女は？」

「それは全く知らないね」

「リンランには会ったことがあるのか」

石川はうなずいた。この春、石川は、津上から一緒にいる中国女が躰を売りたがっているんだが――と相談をもちかけられたのである。それなら組で引き受けようというと、津上は、――シマは借りたいんだが、俺の女だから、稼ぎなんかは俺の自由にさせてほしい。と言った。組では津上にもっと仕事を手伝わせたい気があったので、この条件を呑んだ。

リンランは組の女たちに混じって、シマの街頭に立つようになった。なにしろ日本語がほとんどわからないので他の女とのつき合いもなく、客も大概が同じ日本語のわからない米兵や東洋人の船員だった。

「密入国の可能性がありますね」

石川と別れて、S町にむかいながら荒木は言った。橋場は、それには答えず、このときあっと思い出すようにして、

「あの詩――死体から出てきたあの詩、上田敏（うえだびん）という人の『海潮音』という翻訳詩集の中の一つだよ――そう、まちがいない」

荒木はその詩集のことも知らなかった。しかし〝落葉〟と題された詩の最後の言葉は妙に気

持に沁みた。

——さだめなくとび散らふおちばかな

石川の言葉から、津上という男は、この混乱した時代の片隅の、溝川のような腐臭漂う流れに身をまかせて暮していた姿で泛んだ。

この詩に津上は、自分のそんな暮しを投影していたのだろうか。

尤もこの時代、〝さだめない落葉〟は殺された男だけではない。荒木自身、警察官という重務を抱えてはいるが、小さな官舎で母、妹弟の四人の暮しを支え、あてのない明日へとなんとか食い扶持を繋がなければならないのだ。

その集落も、夜の重みに押し潰されるように、バラックの低い家並を連ねていた。

この周辺一帯の出遅れた戦後が、まだ灰や煤の荒廃した臭いで漂っていた。焼け出された中国人が住みついた中に、朝鮮人や日本人も混りこんでいると言われている。

零時を回っていたが、二、三、まだ灯の落ちていない家がある。その一軒の板戸を叩くと、顔つきで中国人とわかる太った男が顔を出した。抑揚はおかしいが、日本語は巧みだった。

津上芳男ならすぐ隣に住んでいるという。

隣には、灯がない。板戸は閂がかかっていたが、ちょっと工作するとすぐに開いた。灯を点けたが、狭い部屋は殺風景なものである。隅に蒲団が片づけられ、ミカン箱が三つ投げ出されている。一つのミカン箱には小物が詰められ、もう一つのミカン箱には、鏡が置かれている。真っ赤な口紅が投げ出され、箱のふちには白粉の粉が散っている。板壁には派手な中国服が掛けられていた。

裸電球は、男の方の痕跡を何も照らし出さなかった。ただじめついた土間のすみに、泥まみれの軍靴が、革に皺を寄せて投げ出され、その周囲に小虫のように巻き煙草の吸い殻が群がっている。

隣の中国人が心配そうに顔を覗かせた。

この中国人から聞き出した話は、石川の話と一致した。

津上と玲蘭(リンラン)という中国女がこの集落に住みついたのは二年前である。初めのうちは、仲睦まじく暮していたのが、今年の春あたりから関係が荒れ始めた。玲蘭は夜になると派手な中国服を着てどこへともなく出かけるようになった。夜が白み始めるころ艶(つや)やかな中国服に朝露を滲ませて疲れた顔色で帰ってくる。化粧も派手になった。その頃からよく日本の商売女らしい風体の女が男を訪ねてくるようになった。最初は玲蘭が躰を売り始め、その日本の女は商売仲間ではないかと想像していたが、しかしやがてそうではないことがわかった。この女が来るとしばらくして玲蘭の怒り狂う声が聞こえてくるのである。玲蘭は何も喋らない女で、初め住みついた頃は口をきけないのではないかと思っていたのだが、それでも短い言葉を日本語で返すようになり、その抑揚で中国人ではないかと思った。まだ日本に来て間もないようで、日本語が満足でないのである。それで中国語で語りかけ、素性を尋ねたこともあるのだが、玲蘭は何も答えられないというように固く唇を鎖(とざ)した。

しかし怒り狂う声は、まちがいなく中国語であった。

——あなたなんかに男を奪られはしない。

そんな言葉を日頃の物静かな玲蘭からは想像もできない口調でわめき、訪ねてきた女の方も、日本語で烈しく言い返している。どちらも相手の国の言葉はわからないのか、日本語と中国語で喧嘩は多少ちぐはぐなものだったが、しかし津上芳男をどちらも自分のものにしたいと考えていることはわかった。時々、津上の「やめろ」という声や、どちらかの女を殴りつける音が混った。

日本の女はそれからも執拗に訪れてきて、同じような修羅場が何度も演じられた。

最後が一ヵ月前だった。この時、女は玲蘭の留守中に訪ねてきたのだが、ちょうど二人が抱き合っているらしいところへ、玲蘭が戻ってきた。玲蘭は、中国語で「豚!」という言葉を女か男のどちらかに投げつけ、この時も烈しくわめいた。摑み合うような物音が聞こえ、やがて日本の女の方が半裸のまま服を躰に何とか巻きつけて飛び出してくると、逃げるように走り去るのが見えた。

この女の顔は隣の中国人も何度も見ているのだが、名前もどこに住んでいるかもわからなかった。

素性のわからないのは津上も同じである。しかし気前のいい所があり、夜、酒に酔ってケーキや菓子を近所の子供達に土産にもってきてくれたりするので、危険な暮しをしているとはわからなかったが、集落での評判はよかった。

「そう——あの男、死んだか……」

中国人は、素っ気ない抑揚で呟くように言った。悲しんでいるのかも知れないが、その気持ちは無表情に包まれてわからなかった。

荒木達は電気を消して、路地の闇に紛れて家を見張った。寒風の吹きすさぶ中で二人は、躰を寄せ合うようにして待ち続けたが、しかし爪先が凍りつき、冬の遅い朝がやっと白み始めた時刻になっても玲蘭は戻ってこなかった。

乳白色の朝靄(あさもや)は、死の谷の廃村にも似た、集落の素顔をむき出しにした。どこかの家で飼っているのが逃げ出したのか、雄鶏が一羽、羽に泥を浴びて、細い脚で飛びまわっている。鶏冠(とさか)の肉の赤さが、疲れきった荒木の目に痛いほどに染みた。

愛欲のもつれ、の線はまちがいないようだった。玲蘭は密航者だという疑いが大きい。それに津上は、日頃持っていた銃や軍靴などからみて復員兵と想像される。右腕が欠損していたのも戦傷と考えられる。

二人は大陸で知り合い、男が引き揚げる際、玲蘭が故国を棄ててついてきたのだ。それほどまでの玲蘭の愛情を男は裏切り、日本の女との仲を深めた。故国を棄ててまで愛情に生きようとした玲蘭は、大陸気質の激しい情熱をもった女だったと考えられる。玲蘭は、すべてを棄てて異国へ来た自分を、たった一人この異国の混乱した時代に投げ棄てて、他の女に走ろうとしている男が許せなくなった。

こうして、終戦後三年目の降誕祭前夜、横浜の町に、一発の銃声が響きわたったのだ。

殺人者が異国の女だということを除けば、ごくありふれた痴情事件といえた。

事件の翌日、凶器に関して、ちょっとおかしな謎が生じた。

現場に落ちていた銃は、その後石川や、津上の隣に住んでいる中国人の証言で津上の所有していた物だとわかった。南部式の軍用銃である。死体から見つかった弾丸から推定すると、犯人が用いたのはそれとは別のもう少し口径の小さい銃である。凶器に相当する銃器は現場からは発見されなかった。

「津上は玲蘭が銃を向けたので咄嗟（とっさ）に自分の持っていた銃で身を守ろうとしたのじゃないでしょうか。倒れる時にそれがドアの所に飛び、玲蘭は凶器の拳銃を持って逃げ去った――」

「しかし津上の持っていた銃には弾丸が詰めてなかったんだぞ」

「じゃあ、なぜ犯人の立っていたと思われる場所にその銃が落ちていたのでしょうか」

「それはわからん。ただ玲蘭が凶器の銃を現場から持ち去ったのは間違いないようだ。しかも玲蘭はその銃を今も大事に持っているだろう」

「でももうどこかに捨てたかもしれないでしょう」

「いや、玲蘭が殺したいと思っていたのは津上一人じゃなかった筈だ。津上一人を殺して、相手の女を放っておくとは思えないのだが――」

この橋場の想像は当った。

津上芳男が殺されて二日後の晩、第二の事件は発生した。

2

第二の事件の証人は村井昭一という二十二歳の男であった。村井は、港湾で船の積荷を降ろしたりする雑役をしている男である。人夫同様の臨時傭いであった。

その十二月二十六日の晩、八時頃、村井が港に近い通りをぶらついていると、街娼に声をかけられた。日本の女であった。少し年はいっているが、器量はいいし、安くするというので村井はついていった。

女は「遠くて悪いわね」と何度もいいながら、相当の距離を歩き、やがて外人墓地へ上る坂の手前で細い道に入り、今度は「道が暗くて悪いわね」とくり返しながら丘陵の陰の少しだけ土地が開けたところに一軒だけ立っている掘っ立て小屋に村井を連れこんだ。倉庫のようなものだろうと思ったのだが、中には畳が敷いてあり、女が住みついている形跡があった。電気は通っておらず、女は天井、といってもトタン屋根の下に梁のように何本も材木が渡っている、その一本から吊されたランプに火を点した。

女は火鉢に火をおこしてから服を脱ぎ始めたが、この時、足音が外の闇の底に響いたので手をとめた。戸口を叩く音がした、と思うと中の返事を待たずに戸口が開かれ、一人の女が現われた。外套を羽織っているが、首のあたりに緋色の中国服の襟が覗いている。白いショールで

顔を半ば覆っている。村井を連れこんだ女は、その入ってきた女を認めると、顔色を変え、慌てて、

「悪いけど、大事な用ができたから三十分程したらまた来て。来る途中に屋台が出てたでしょう、そこで酒でも飲んでて」

そう言うと自分から小銭を握らせ、村井の背を押して追い出すようにした。

村井は言われたとおり、本道に戻り、屋台で三十分ほど酒を飲んで、小屋に戻った。板壁と戸口のすきまから中の灯と人声がもれていた。近づくと二人の女の声は諍いをしている。片方の声は中国語のようである。やはりさっき訪れてきた女は中国人だったのだと村井は思った。中国語の女は、怒り狂ったような声でわめき続け、日本の女の方は、

「何するのよ」

その言葉ばかりをくり返している。物音が混じる。摑み合いの喧嘩でもしているようである。村井は板のすき間から覗いたが、すき間が狭すぎて中の様子ははっきりわからない。ただ人影が物音と共に波うっているのだけが見えた。村井はもっとよく見えるすき間をさがしたが、その間にも声のやりとりは激しくなっていき、やがて、どすんと重い物が落ちるような音がし、

「助けて」

日本語の声が叫びかけ、だが言いきらぬうちに、それは突然、喉から絞りあげるような呻き声になった。声は長く尾をひき、不意にまたとぎれた。中で喧嘩の末に、とんでもないことが起こったのだ。村井は戸口から小屋の中へとびこんだ。腕力には自信があった。

それが起こっていたのは土間である。日本の女の方が、あお向けに倒れている。後ろ姿で立っていた女は、村井がとびこむと、はっとしてふり返った。二人は共に驚いて、距離を置いたまま、ただ呆然とたがいの顔を見ていた。ランプの灯で薄暗くはあったが、ショールをはずした女の顔を、この時村井は、はっきりと記憶にとどめた。

やがて女は自分が何故、そこに立っているか思い出したように、血まみれの手に握っていたナイフを落とすと、急いでまたショールに顔を包み、まだ呆然と突っ立っている村井のすぐ脇を通りぬけて、とび出していった。

やっと我に返り、村井は土間に倒れている、先刻自分を連れこんだ女に近寄った。胸の傷口から血が絶えまなく流れ出し、もう虫の息である。今から助けを呼びにいっても間にあいそうもない。村井は一瞬、自分が疑われるのではないかと心配したが、この時になってやっと、一昨日の晩、場末でヤクザ者が殺され、その犯人らしい中国人の女が逃走中だという話を思い出した。

小屋をとび出して、交番まで走った。道はほぼ一本なので、逃げだした女に追いつけるかとも思ったが、女の姿は見かけなかった。後から思うと、村井がとび出したとき、まだ女は小屋近くの暗がりにでも潜んでいたのである。村井がとび出すのを待って、女は小屋に火を放ち、おそらくは裏に回る小道を伝って逃げたのである。

村井が巡査と医師を連れて戻ったとき、小さな小屋は既に火の海に包まれていた。この辺の水の便は悪い。やがて刑事達が駆けつけるまで、ただ火の勢いが落ちるのを待っているほかなかった。

　村井がとび出したときは、ランプにも火鉢にも何の異常もなかったから、あの中国服の女が再び戻って放火したとしか考えられなかった。

　消防隊が駆けつけたときは、既に小屋は燃え落ちていた。まだ残っている炎に照らされてトタン屋根は方々に穴をあけて、平たく地面を這った。土間に倒れていたのがよかったようである。トタン屋根の下からひきずり出された死体は、あちこちに火傷の跡をつけながら、顔も体もほぼ綺麗なままであった。熱を吸い込んだ体は、冬の夜気に白い煙を吐いた。

　村井の証言を得て、ただちに二日前、津上芳男が殺された宿の主人と、津上の家の隣に住んでいる中国人の男が呼ばれた。主人は、津上が最近頻繁に連れてきた女だといい、中国人は津上の家を訪れてきた日本の女にまちがいないと証言した。

　村井は、中国服を着た犯人の女をはっきりと見ている。村井の憶えている顔は玲蘭の特徴と細部まで一致した。

　橋場の推理はこの点では的中したのだった。

　玲蘭は、津上芳男を殺害した後、二日間どこかに潜伏し、この夜、もう一人の許せない相手を殺害する第二の犯行に踏みきったのだった。

「この殺された女は、津上が一昨日殺されたことを知らなかったのでしょうか」

　その可能性は大きい。女の家にはラジオがない。新聞もとっていなかったろうし、津上が殺された現場からは二里近くも離れているのである。

荒木の言葉に、橋場はおし黙っていた。

「玲蘭は、なぜ、今度は銃を使わなかったんでしょう。津上を射殺した銃をもっていたはずですが」

「弾丸がもうなかったとも考えられるが――」

橋場は浮かぬ声で言った。

警察では、玲蘭が満足に日本語が喋れないことから、捜査の手は簡単に伸ばせるだろうと考えていた。

だが、これは楽観であった。

六日後、つまり年が改まった昭和二十四年元旦、前日の大晦日（おおみそか）の晩に、油壺で玲蘭と思われる女が身投げをしたらしいという通報が入るまで、その足取りはわずかも摑めなかったのだった。

3

玲蘭が自殺したらしい、という情報が入るまでに、しかし警察では重要な事実を一つ摑んだ。

日本の女が殺されて二日後――年の瀬もおし迫った二十八日、荒木は一人で東京へ出た。

殺された津上芳男は、蓮葉組の石川に、反物や掛け軸を上野の闇市で安く仕入れたと言ったという。警察では津上がどこかから手に入れてきた、それらの奢侈品を盗品ではないかと考えていた。しかし、ともかく上野の闇市を洗ってみることにしたのである。

　この二日の間に、殺された女の身元が割れた。名は松本信子。以前は無人だった現場の掘っ立て小屋に、二年ほど前——ちょうど津上と玲蘭が中国人集落にやって来た頃に、住みついたのだった。住みついてすぐに街娼を始めたようで、よく夜半に男を連れて小屋への細い道に姿を消していくのを、近くの住人が見ている。尤も雑草の生い茂った細道をかなり奥に入った一軒家での一人暮しだったから、周辺の住人とはつき合いもほとんどなく、身元といってもわかったのはこの程度である。夏頃しばらく一人の男と一緒に暮していたらしい。集落の中国人に尋ねると、恰度その頃、津上の姿を見なかったというから、それが津上だという可能性はあるが、正確なことはわからなかった。

　以前の素性もわからなかったし、事件が報道されても、死体の引き取り手は現われなかった。

　警察では、しかし、松本信子より、津上芳男の素性を洗うことに重点を置いていた。石川をはじめ、津上を知っていた者の多くが、ただのヤクザ者ではない、という印象を抱いている。何かがありそうであった。

　上野の闇市は、年の瀬のためか、人でごった返していた。活気に溢れている。冬の陽ざしが、立ち並ぶ露店の薄いトタン屋根を圧するように分厚く落ちている。荒木は、人波にもまれながら、新しい時代の熱気を肌で感じとった。終戦直後の、草一本生えそうになかった焼野原から、人はこれだけの生命力を絞り出したのである。しかし、表面に湧きあがったこの生命の熱気の暗部に沈んで、依然、戦中の影をひきずり、暗い足音でこの時代を生きている者もあるのである。津上や津上のために運命を狂わせた二人の女がそうだった。人はあの徹底的な敗北からも生命の勝利を引っ張り出し、謳歌しようとしていたが、敗北の鎖に繋がれたまま、息絶えようとしている者もあるのだ。

とはいえ、荒木には戦争を憎んでも仕方がないという気持ちがある。憎むには、あまりに大きすぎる歴史の、国の運命であった。

人波には、津上や松本信子と同じ顔がいくつもあった。戦傷の痕をまだ体に生々しく残した者、復員服の男、ヤクザ者——それから、松本信子と同じように厚化粧した女たち。

荒木は露店やバラックの食堂の一軒一軒をまわった。津上の死に顔の写真、右腕がないこと、そして津上が宿の主人に金のかわりに渡したという懐中時計だけが頼りだった。

だが、この訊きこみは無駄に終った。それらしい男を見かけたという者が数人いたが、誰も確かな記憶をもっていなかった。

夕方になっていた。帰路につく前に、荒木は神田(かんだ)に寄った。

荒木の従兄(いとこ)にあたる男が、神田の裏通りの一画に、友人たちと音楽関係の事務所を開いている。荒木の母方の叔父の家は、戦前は裕福な銀行員だった。従兄はセロが上手く、最近、戦前の音楽仲間と組んで、戦後の西洋音楽復興に力を注ぎ、あちこちで演奏会も開いていた。横浜に来たとき聞いた住所を頼りに方々を歩き、やっと倉庫のような建物の二階の戸口に、事務所の名を見つけた。

荒木が従兄のもとを訪ねたのは、音楽に詳しい従兄に、二枚の楽譜を見てもらうためだった。中国人集落の津上の家のミカン箱からその二枚の楽譜は出てきた。従兄と同じ血をひいていても、西洋古典音楽には何の知識もない荒木にはその楽譜の意味がわからなかった。署でもわかる者はなかった。楽譜の意味がわかれば、津上とその楽譜の関係もわかる気がしたので、それを従兄に尋ねたかったのである。

従兄はいなかったが、数人の男がいた。稽古場にもなっているらしい。広い空間にさまざまな楽器が置かれている。

荒木が職業を言い、従兄との関係を名乗ると皆集まってきた。

「この楽譜が何か、知りたいんですが」

荒木は、題名なのか〝九つの花〟と書かれた一枚の方をまず、皆に渡した。

「ピアノの曲ですね……聞いたことがないが」

覗きこんで、皆首をひねっている。

だが最後に楽譜を覗きこんだ一人が、

「あっ」

と愕（おど）いたように小さな声を挙げた。中で一番年配らしい男で、他の連中から一人浮きあがるように舶来生地らしい上衣をきっちりと着ている。西洋人のように顔の彫（ほ）りが深く、品のいいところがあった。後でわかったのだが、この音楽団体の主宰者であった。

「何か心当りが――」

荒木の質問に男は答えず、荒木から細かく、この楽譜を手に入れた事情を聞き出した。荒木が津上の殺された事件を語り出すと、男は顔色を曇らせた。

「ともかく、その死体を見たいと思います」

この男は確かに何か知っている——そう思いながら荒木は緊張した指で、津上の死に顔の写真を渡した。

男は薄暗くなった部屋に電気を点すと、灯の下に写真を置いて、食いいるように見つめた。目に驚愕の色があった。

「知っているのですか、この男を」

男はため息を長くひきずって、

「その〝九つの花〟という曲はこの人が作ったものです。親しい交際はありませんでした。戦前ドイツに留学していたときむこうで二、三度逢っただけですが——それと同じ楽譜を私は、偶然、手もとにもっているのです」

「ドイツで——ですか」

荒木が不思議そうに聞くと、男は肯いて、

「戦死したと聞いていました……大陸で終戦少し前に玉砕した隊の隊長を務めていたと」

それからしばらく信じられないように、

「本当に、四日前、横浜で殺されたというのはその人なんですね」

何度も念を押して訊いた。荒木に、というより自身の信じられない気持ちに何度も念を押して、何とか納得しようとしているようだった。

やがて、男はもう一度視線を写真に投げると、沈んだ声で独り言のように、こう呟いた。

「その人の名は津上芳男なんかではありません。寺田君――軍人であり、ピアニストだった寺田武史という人です」

二章——もう一つの戦後

1

柚木桂作が、もう二十年以上も前に死んだ寺田武史という男の話を小説にしようと考えたのは、その昭和四十×年が盛夏を迎える頃だった。

柚木は昭和元年生まれで、文壇では中堅の部類に入る作家である。戦後、復興した出版界に三十歳でデビューし、以後十余年、目立った活躍もしなかったかわりに、一度も沈滞することなく、主流とは少し離れた位置を守り通した作家であった。その間、ぬきんでた傑作も生まなかったかわりに、格別の駄作もなかった。

浮沈の激しい出版界では、この〝中堅〟の定位置を守りぬくことは、それなりに難しいことである。柚木の場合は、持前の持久力とコツコツと努力を積み重ねる確かな性格が功を奏した。派手さの欠けた地道な気質なので、作家という職業の栄誉に溺れることもなかった。

いや地味というより、品性にもともと人生や生活の波紋を嫌う静けさがあるのだろう。まだこれからが働き盛りという四十代で、すでに髪を半ば白く枯らしている。中年というより、その年齢で人生に上手く老けを迎えた初老の紳士といった印象は、編集者間にも評判がよかった。

柚木に染みついている静けさは、この二十年、娘と二人だけの生活を通していることにも負う所が大きい。柚木の妻の靖子（やすこ）は、終戦後四年目に、一人娘の万由子（まゆこ）を産んだ後、体調を回復せず、一年近く病床に臥（ふ）して死んでいる。

　病床の一年も含めて妻とはわずか六年の結婚生活だった。再婚を勧める者も周囲に多かったが、柚木は自分の手で、妻が形見のように遺していった赤ン坊を育てる決心だった。万由子は、死の直前まで微笑を絶やさなかった妻の柔和（にゅうわ）な血を、色濃く受け継いだようだった。片親でも変に歪むことなく順調に成人してくれた。

　十年前に、成城の住宅地の一画に小さな家を買い、その住宅地のひっそりした空気に溶けこむように静かな二人だけの生活が続いていた。万由子は短大の幼児教育科を出て、今年の春から近くの幼稚園に通い始め、柚木は万由子が仕事に出ている間、自分の部屋で原稿書きに専念した。万由子が戻っても別に軽口を叩きあうわけでもなくひっそりしたものだが、無言の関係は却（かえ）って信頼の絆（きずな）を強めているようだった。柚木は、時々死んだ妻と二人、老後の生活に浸っているような気がすることがあった。ただ万由子は、亡妻と違って実に屈託（くったく）のない笑顔を見せる。二人だけの晩御飯の際に、昼間幼稚園の生徒が見せた滑稽（こっけい）な容子（ようす）を、いかにも楽しそうな笑い声をたてて話すのだが、その明るい笑い声だけが、笑う時も決して声をたてなかった妻との関係にはなかったものである。妻は短い命を本能的に感じとっていたのか、笑顔は欠かさなかったが、声のない淋しい微笑だった。

　柚木は作家仲間にも敵は少なかったが、それでも柚木のことを〝伝記作家〟だと陰で非難する者が一部にはいた。

事実、柚木が過去に発表した作品をみると歴史上の実在人物に材をとったものが半数以上を占めている。尤も妻の死も一つの宿命として静かに受け容れた柚木の、波紋の幅が小さい生き方には、事件と呼べるものは起こらなかったから、他の作家のように体験を活かした私小説を書くわけにはいかなかった。遭遇した唯一の事件らしいものと言えば、妻の死と、もう一つ昭和二十年の三月の大空襲で両親、姉、弟の家族全部を喪ったことだが、あの時代、死は事件ではなかったし、柚木と同じような目に遭った者は、他にも多くあった。柚木は自分を水のように感じているところがあった。どうしても関心は他人に向いた。

ただ、たとえ〝確かに伝記小説だ〟と自分でも認めていても、主人公にする実在人物を選ぶ際、柚木は決して歴史の表面に浮上している大人物を選ばなかった。そういう歴史を動かす主力となった大人物は、大抵他の作家の手がついているし、柚木に興味を抱かせなかった。柚木が書いたのは、名を知られた武将の陰で、その功を支えた側近の男やら、維新の志士を父にもったために却って名を世間から隠し生涯を日陰の位置で閉じた男だった。歴史と大きく関わりをもちながら、歴史の陰部に身を埋め、名を沈めた者が多かった。

柚木は若い頃から、自分が絶対に首座には立てない男だということを自覚していた。文壇での地位だけでなく、自分自身の中でも自分をいつも他人より下位に置いてしまうところがあった。栄耀（えいよう）という言葉の溢れた陽光の眩しい座は、自分の性格とそぐわないと達観しながら、気持のどこかにやはり、淋しいものが滲んでいる。

その淋しさが、同じ境遇に甘んじた陰の人物に興味を抱かせるのだと、柚木は思っていた。淋しさの焦点が、どうしても英雄的大人物を逃げ、その陰で無名に近いまま消えていった者達に的(あた)ってしまう。別に意図をもってしているわけではなく、自然に本能的にそんな人物を自分の小説の主人公に選んでしまうのだが、しかしそれだけが謂(い)わば、自分の作家としての主張であり、思想であり、人間としての弁解であるのかもしれない、と柚木は考えることがあった。

去年、柚木は「虚飾の鳥」という二年がかりの大作を発表した。その主人公、鞘間(さやま)重毅(しげよし)という男も、太平洋戦争史の陰で暗躍した人物である。尤も今までの主人公達と違い、鞘間重毅はその名をかなりはっきりと歴史に残した人物である。軍部の重臣の一人だったし、太平洋戦史の書物でその名を無視した物はない。ただ戦争という巨大な濁流の表面に浮び上がった大人物ではなく、重要な決定などにも影になった底の方で参与していたのである。底部にいただけに、しかしその存在は重い。柚木はその影の重みを書きたかった。

この今までにない時間と量をかけた大作は、柚木桂作の代表作として衆目を集めた。従来の柚木の小説のように資料に頼りすぎて主人公の人間性を殺してしまうようなことがなく、膨大な資料のうちにも一軍人の人間としての生涯と、今まで省りみられることが少なかったその戦争責任が怒りに似た熱っぽい筆で追及されていた。

作家仲間も出版関係者も読者も、改めて柚木の作家としての底力と、柚木が歴史の陰に沈んだ者に当てる視線の確かさに驚いたのだった。あちこちの書評がとりあげ、読者からの手紙も今までの何倍も舞いこみ、映画化の話も決まった。

だが、作家が自己の作品に示す評価は、他人の評価とはくい違うことが多い。〝柚木桂作の最高作〟と呼ばれたこの作品が、柚木自身には自己の最低作だった。なにより失敗作である。柚木としては、戦争という不条理な、一個人の力では抵抗しきれない巨大な歴史の流れに飲みこまれ、消えていった一人の男の生涯を書きたかった。多くの歴史書は、鞘間をそんな風に書いている。だが細かく調べていくと、鞘間重毅が決して、単なる、戦争という歴史の闇に葬られた人間ではないことがわかってきたのである。開戦決定にも陰で大きく関わり合っていた鞘間の戦争責任がはっきりしてきたし、人格もかなり卑劣であった。柚木が何とか小説を完結したのは、小説の後半から、柚木は主人公を突き放してしまった。

柚木の性格からして、たとえどんな卑怯な男と判ってもその軍部参謀を憎悪することはできなかったが、わずかの感情も移入できず、後半を書き進めながら、たえず主人公に冷たい距離を感じ、苦しみ続けた。その冷淡さを、世間は柚木の戦争への〝怒り〟と感じとったのだが、どんな好評も、柚木が主人公に感じた距離を埋めることができなかった。雑誌連載を中断できないためだけだった。

柚木は、失敗の原因を、戦争を起こした側に立つ人間を材に選んだためだと考えていた。柚木自身、他の人同様、戦争に辛い記憶をもっている。家族の全部を喪ったし、妻が産後の経過が悪かった末に死んだのも戦後の食糧事情が悪かったせいである。尤も柚木は、そうかといって戦争を起こした者に烈しい憎悪を覚えるというのではなかった。どこかで、家族や妻の死を運命と諦めているところがあった。家族を喪ったのも運命なら、自分一人生き遺ったのも運命だと思った。とは言っても戦争をひき起こした直接の責任者までも人間として包みこみ、暖かい眼差をむけるだけの聖人めいた寛容さはもてなかった。戦争責任者までに同情を向けるには、記憶の中にある家族の死骸や妻の死に顔、焼け跡で見た無数の死は辛すぎた。

やはり、戦争のために運命を狂わせ、歴史の闇の流れに、わずかな抵抗もできず埋没した人間を描くべきだったのだと、柚木は思った。たとえば空襲で死んだ何十万という無名の人々の一人でもいい、戦争という一つの歴史の真の被害者を主人公にとれば、作家としての何かをもっと素直に、率直に筆に託せたのではないかと思った。

柚木は小説の価値は他人が決めるものであることを、重々承知していたが、読者から感動したという手紙を受けとる度に、自分がこういった人達に、作家としての何かを偽っているのだという後ろめたさを覚えた。「虚飾の鳥」で何一つ書けなかったものの幾分かでも、戦争の真の犠牲者を描くことで埋め合わせるのが、作家としての責任ではないかと思うようになった。

そんな柚木の気持をよそに、「虚飾の鳥」はますます評判を高め、版を重ねた。それだけいっそう、柚木の中で、戦争の真の被害者を書かなければいけないという責任感は重くなった。

柚木が、寺田武史の名を偶然知ったのは、ちょうどそんな風に思い悩んでいた頃である。

偶然を運んできてくれたのは、娘の万由子だった。

七月も下旬を迎えた晩である。いつも通り二人きりで食卓を囲んで夕飯をとっている最中に、

「お父さんに逢ってほしい人がいるの」

いつになく緊張した声で、万由子が言い出した。柚木が顔をあげると、万由子は恥ずかしそうに目を皿に伏せた。額の髪が垂れた。

柚木はちょっと驚いた。万由子が男と交際していることは知らなかった。そんな気配はなかったし、それらしい電話が掛ってきたこともない。

「どんな人？」

「――まだ、そんなんじゃないけど――」

「なにも言ってないじゃないか、私は」

「でも、どんな男って感じで聞いたわ、今」

「そうかな」

「だから本当に、そんな人じゃないの。交際し始めて、まだ一ヵ月だし、別にプロポーズされてるわけじゃないの。ただ……」

「結婚を前提に交際を進めたいんだね」

答えるかわりに万由子は、顔を上げると困ったように顔をしかめた。

「なにを心配してるんだ」

「心配ってわけじゃないけど……」

「私のことか――」

「彼は、この近くに住んで、昼間はお父さんの世話をすればいいって……」

「なんだ、やっぱりそこまで話が進んでるんじゃないか」

「まだ遠い夢みたいに話してるだけよ。やだわ、そんな風にじろじろ見ないで」

「見てやしないさ」

「見てるわ」

「そうかな」

「お父さんがどんな目で私の顔を見てたか教えましょうか……お父さん、万由子がふっと大人に見えたんでしょう?」

「大人じゃないか。もう二十歳だ」

「別に隠れてこそこそやってたわけじゃないのよ。逢ったのも五、六回だし……園長さんの親類なの。テレビ局に勤めてる人だけど……今月十回ほど幼稚園の仕事で帰りが遅くなったでしょ。そのうち本当に仕事があったのは四、五回……」

「ほう、嘘も上手くなったんだな」

「二十歳ですもの」

「逢うよ、もちろん」

「彼の方も逢いたがってるの。彼、お父さんの小説、愛読してるし」

「やっぱり二十歳だ」

「どうして」

「機嫌のとり方も上手くなった」

「本当よ。自分でも仕事の合い間に小説書いたりしてる人だから」

柚木は、万由子がどんな男を連れてこようと結婚を許すつもりでいた。妻の靖子が形見のようにこの世に遺していった一人の娘には、妻の生きられなかったものを生きてほしいと願っている。妻は最後まで、柚木が傍にいてくれるだけで幸福だという顔で死んでいったが、柚木の文壇デビューに間に合わず、戦後の耐乏生活の中で若くして死んでいった妻には、やはり、なに一つ幸福を与えてやれなかったという後悔が残っている。せめて万由子が自身で望む幸福だけは妨害したくなかった。

もちろん可愛がっている万由子がふっと他の男の方へ眼を向けたような、人並の父親としての淋しさはあったが、しかし気持のどこかに吻とするものもあった。精いっぱいの愛情を注いで育てたつもりだし、事実、人並以上に美しく立派に育ってくれたのだが、やはり男手一つの環境に育ったせいか、万由子には父親の手の中だけが人生の場だというところがあった。しっかりした娘で、高校の頃から家事や柚木の身の回りの世話を女房のように甲斐甲斐しくみたが、それだけにいつまでも父親の手の届く範囲内にとどまっているような幼さが残っていた。女友達とは仲良くしているが、若い編集員が来たりすると、応対に顔を赤らめるようなこともあったのである。

その青年は、次の週の日曜の夕方に家にやってきた。秋生輌久という名である。民放テレビ局の報道班に勤めている若者は、ある事件の取材の帰りだと言って、大きなカメラマンバッグを肩から垂げ、ワイシャツの胸もとをいかにも活動家らしく汗に濡らして玄関に立った。

柚木は、青年が、想像していたより、背が低いのに少し驚いた。直接聞いたわけではないが、映画俳優の好みなどから考えると、万由子はフットボールの選手みたいな、大木のように背丈のある男が好きらしいと想像していたのである。

尤も背が低くても肩幅などがっしりしており、多忙な仕事で駆けまわっているせいか、じっと立っていてもすぐに何かに向かって駆け出す体勢が整っているような果敢さが感じられる。二十五歳の若者とは思えぬしっかりした体軀と物腰に少し不釣合な幼さが目に残っている。

玄関で挨拶したとき、柚木はこの一人の青年が、万由子の交際者としてだけでなく、自分の小説の素材の提供者にもなるとは、まだ知らずにいた。その後半年以上にわたってくり広げられた一つのドラマはこの青年と共に訪れたのである。

秋生は、事実、柚木の小説を沢山読んでいた。柚木が自分でも忘れているような文を覚えていて褒めた。

八月も近いのに涼しさのある宵である。窓から流れこむ静かな夕風の中で、万由子の作った食事をとりながら、青年は雄弁に柚木の小説について語った。決して美辞を並べるだけでなく、柚木の小説の欠陥もはっきり指摘する率直さに好感がもてた。

話は当然、「虚飾の鳥」に及んだ。秋生も「虚飾の鳥」を柚木の最高作と思っているようだった。

まだ白さの残った暮色の中で、食卓を囲みながら、柚木はもうずっと以前からこんな風に三人で夕食をとり続けてきたような気がした。秋生は、父娘二人だけの家庭の空気に自然に溶けこんでいる。万由子の好きになる男なら大丈夫だろうと信じていたが、秋生は想像以上の好青年だった。

安心感から、柚木は今まで誰にも言わずにいた「虚飾の鳥」に対する自分の本当の気持を語った。「戦争の真の犠牲者を今度は書いてみたい」という気持も話した。

この時、秋生は、

「そうですか」

と、自分の称賛がはぐらかされて困ったような色を目に浮かべただけだったが、食事後居間に場を移したときである。

万由子がピアノでショパンの夜想曲を弾いている最中、秋生はふっと何か思い出したように目を柚木にむけた。何か言いたげな容子だったが、万由子が折角ピアノを弾いている最中に悪いと思ったのか、演奏が終わり、曲の美しさと万由子の技倆（ぎりょう）を褒めてから改めて柚木の方にむき直った。

「さっき先生がおっしゃっていた戦争の犠牲者を書きたいという話……あれの参考になるかどうかわからないのですが……」

そう前置きしてから、

「実は、うちの局で毎年終戦記念日に特集番組を組むんです。今年は一般から戦地体験を公募して、その原稿をもとに戦場でのさまざまな逸話を紹介したり、戦友同士の対面や、死んだ戦友の家族との対面を企画して五月頃から準備を進めていたんですが……戦場での体験というのは生き遺った人達にはいまだに生々しい思い出なんですね。三百通ちかく集まったどれもが感動的な話なのですが、中に一つちょっと変ったのがありましてね、いや、今、万由子さんのピアノを聞いていて思い出したんですが」

「なにか音楽に関した思い出話かね」

「ええ。戦場で聞いた唄が忘れられない、といった話ならいくつもあったのですが、その人のだけはちょっと変っていてピアノ曲なんです。それも……」

と言って言葉を切ると万由子の方をふり返った。万由子は台所から運んできた紅茶の盆をテーブルに置いたまま、興味深そうに秋生の話を聞いていた。

「万由子さんは、寺田武史というピアニストを知っている？」

「さあ——」

「そうだろうね。いや、ピアニストというより軍人なんだ。ちょっと複雑な家庭に育った人でね、最初はピアニストになるための教育を受けてドイツ留学もしているのだが、日本に戻ると士官学校に入り職業軍人になったんです。太平洋戦争最後の年に満州北部の戦場で全滅した部隊の隊長をしていました。位は大尉だったと思いますが……その全滅部隊から奇蹟的に生き遺って内地に戻り、今は北陸で教員をしている人がいるんです。その人が上官だった寺田大尉との間にあったちょっとした交流について書いて寄越したんです」

柚木が興味を覚えて、先を促すと、秋生は少し考えてから、

「いや、原稿をそのまま先生に読んでもらった方がいいでしょう。明日にでもまたお届けしますよ」

「しかし局の方で必要な原稿じゃないのかね」

「コピーがありますし、それに局では原稿をボツにしました。なかなか味わいのある話で一旦は採用と決まったのですが、その後調査をして意外なことがわかったのです」

「というと？」

「その北陸の教員、たしか山田という人でしたが、その人は何も知らなかったんですが、実は寺田大尉も、玉砕したはずの戦場から奇蹟的に生還していたのです」

「ほう。すると今も生きているのかね」

「いえ、終戦後まもなく内地の土を踏み、三年目に横浜で死んでいます。それも普通の死に方ではなく」

　秋生は、気遣うように万由子を眺めて、

「中国人の娼婦に殺されたんです。僕もあまり詳しくは知らないのですが、日本に戻ってからは別名を名乗り、日陰で荒んだ暮しをしていたようです。殺した中国人娼婦の行方もわからぬまま終ったということです。局ではそういう寺田大尉の結末が暗すぎるというんで、北陸の山田さんにも知らせぬまま、ボツにしたんですが……」

　柚木の気持は動いた。ピアニストを志しながら、軍人になり、全滅したはずの戦場から奇蹟的に生還した寺田大尉という男の生涯はそれだけでも劇的である。しかも折角生きて内地の土を踏みながら、戦後の混乱期を身分を隠して暮し、果てに異国の女に殺されたという悲劇的な最期には、戦争の傷のようなものが感じられる。

秋生も詳しい事情は知らないというので話はそのまま立ち消えになったが、秋生が帰るとき柚木は、ぜひ北陸の教員の原稿を読ませてほしいと念を押した。

秋生が帰ると、柚木は居間の窓からぼんやり外を眺めていた。小さな庭と細い道路を距(へだ)てたむこうは雑木林になっている。深い闇を秘めて木々の幹は、ほの白く浮びあがってみえる。

「どうかしら、お父さん」

黙っている柚木に万由子は心配そうな声をかけた。

「思った以上の好青年だ。男を見る目まで教えこんだつもりはなかったが」

柚木が冗談めかして答えると、

「男を見る目が確かなのは、お母さんの血よ」

テーブルを片づけると、逃げるように台所へ去った。

真実、柚木は秋生という若者に好印象を抱いていた。あの青年なら、万由子を自分以上に幸福にしてくれるという確信がある。ただ一つこだわっているとすれば、秋生の、想像していたより低い背だった。何も背が低いのが悪いと言っているのではない。ただ、夢ではフットボール選手のように背の高い男を追いながら、現実に生涯を共にする男としては、父親と同じ背の低い男を万由子が選んだことに、柚木は辛いものを感じていた。

「何も聞かないのね」

ふり返ると、また戻ってきた万由子がドア陰にかすかに顔色を翳(かげ)らせて立っている。

「何を？　秋生君のことか」

「ええ、どんな風に識りあったとか、二人のときは何を喋るのかとか」

「さっき万由子がいないとき秋生君から聞いたよ。園長さんの家に遊びにいったとき偶然秋生君が来てたそうだね」

「つき合う気になったのは、お父さんの小説を好きだって言ったからよ。あんなに愛想よくしなくてもいいのに」

「なぜだ。本当にいい青年だから、父さんも機嫌よくなっただけだ」

「もう少し淋しがると思ったわ」

この時、天井でジジジッと音がした。見あげると、夏の夜に生白い光を放っている電球に蛾が一匹、羽の影を絡ませている。

「もうすぐ、終戦記念日だな」

万由子との話題を避ける気もあったが、このとき電球の光に、ふっとあの日のことを思い出し、柚木はひとり言のように呟いた。

柚木にとって昭和二十年八月十五日は、玉音放送より何より、妻の背である。柚木と妻は、福島の疎開先で終戦を迎えた。

家族を喪い、焼け出されて困っていた若い柚木夫婦に、親切な隣のおばさんが、福島の実家へ疎開するから一緒に来ないかと誘ってくれたのである。

だだっ広い農家の母屋で、みんなでラジオを囲み、玉音放送を聞いた。誰もが声を出さずに泣いた。庭に桜の大木が一本あり、茂った青葉を殺ぎおとすように正午の陽は、白い光の刃で切りかかっていた。

　ふと気づくと靖子の姿がない。納屋に入ると薄暗い中に靖子のしゃがみこんだ背があった。

　――あなたの家族もみんな死んで、あんなにたくさんの人が死んで、それであれだけの声で戦争が終るなんて……あれだけのことを言えば戦争が終るなら、なぜもっと早くに……

　靖子は、一日前なら非国民と呼ばれたような言葉を喉をつまらせて言い続けた。悲しさより怒りの声であった。小声だが、納屋の薄闇を咬んでいるような強い声である。物静かだった靖子の薄い小さな唇から、誰かへの怒りの声がもれるのを聞いたのは、この時たった一度である。戦中は、街頭で静かに道ゆく人に千人針の協力を求めていた靖子のどこに、こんな戦争への怒りの声がたまっていたのか、柚木は驚いてしばらくは声もかけられず、納屋の戸口に、背に熱い陽ざしを感じながら突っ立っていたのだった。

　あの時、紺絣をもんぺにつくりかえて着ていた靖子の背で、井桁模様が白く薄闇にうねっていたのを、今も柚木は、忘れることができない。

　柚木は、改めて戦争を、犠牲者の側から描きたいと願った。

　翌日の晩、原稿を届けに来たのは、秋生の同僚だった。秋生が急な仕事で外へ出たので、帰宅方向になるその同僚に頼んだのだった。

　柚木は、万由子と共に、丁重に礼を言って受けとると、早速一人部屋にこもり、封筒を開いた。ちょうど二十枚の原稿用紙に、枡目の空白に遠慮するような小さい枯れた字が並んでいる。

　投稿者である山田治雄という人は、秋生が言っていたように金沢市郊外の小さな中学校に勤めているが、教員ではなく用務員であった。復員してから五十に手の届きかけた現在まで、奥さんと二人、ずっと同じ仕事を続けているという。

二十一歳で赤紙が来て朝鮮に渡り、戦争末期には、ソ連軍の動静に備え、辺境防備のために満州に送られた師団にいた。

寺田大尉が、彼の所属する中隊に、新しい中隊長として転属してきたのは、七月に入り、朝晩は内地の初冬ほどに冷えこむのに、昼中になると、足が焼けつくほどに大地が燃えあがる頃であった。ソ連軍の侵入もそう遠いことではないという噂が聞こえるようになっていた。事実、一ヵ月後の八月十一日、この中隊は、既に内地では終戦の決定がなされようとしていたことも知らぬままに、駐屯地から北に三里ほど進んだ辺境の平原で、全滅するのだが、その一ヵ月間、山田治雄は大尉づきの従兵として、身の回りの世話をした。

寺田大尉は当時三十六、七だった。寡黙な人で、終日傍を離れずにいる山田にも任務以外の口をきくことは滅多になかった。痩せてはいるが鋼のような体躯で、軍帽の下に、いつも黙った灰色の目があった。

何も喋らないので恐い気はしたが、まだ若いのに明治期の軍人のような静かな威厳を感じさせるこの大尉を山田は好いていた。前任の中隊長は丸々と太った脂ぎった男で、二里ほど離れた小さな中国人の村落に出かけていっては、村人に横暴を働き、まだ幼い中国娘の躰を軍剣で威して、慰みものにするような真似もした。

従兵だった山田への仕打ちも残忍だった。不可能な用事を命令しては、鼻血がでるほど殴り、軍靴で体を踏みつけた。そんな上官ばかりを見慣れた目には、寺田は聖人のようにすら見えた。

寺田大尉がどんな経過で、その大陸最後の戦場ともいえる満州辺境の師団に送りこまれてきたのかはわからなかった。ただ下級兵士の間で大尉は音楽をやるという噂があった。誰が語りだしたのか、戦前、外国大使の開いた晩餐会でピアノを弾き、大使が日本にもこんなに見事にピアノを弾ける人がいたのかと驚いたという話を山田は聞いた。山田はピアノなどという西洋の楽器にはほとんど知識がなく、婦女子の軟弱な遊び道具のように考えていたので、男らしい寺田の風貌とピアノという取り合せがなかなか信じられなかったが、噂は事実のようであった。

寺田は、時々じっと空を睨(にら)んで考えこんでいることがあった。そんな時、手だけが意識から切り離されているように、指を机の端などに打ちつけている。何度も見るうちに山田はその指の動きがいつも決まっていることに気づいた。何も知らない山田にも、その指がある決まった曲想を追っていることはわかった。鍵盤の上で奏でられたとしても、山田には何の曲かわからなかったろうが、寺田の長い指が静かに舞うたび、山田の耳には、聞こえないはずのその音が美しく染みた。

ある日思いきって「中隊長殿はピアノを弾かれるのですか」と尋ねると、寺田はいつの間にか机の隅を叩いている指に自分でも驚いたような顔をし、すぐに指をとめると、山田への返答のかわりに、「君は男にしては細い綺麗な指をしているが、内地では何をしていたのか」と尋ねてきた。山田が北陸の漁師の二男で、海に出ていたと答えると、寺田は、「ほう、その花車(きゃしゃ)な指で魚を捕まえていたのか」驚いたように言って、ふと目を伏せ、先刻まで美しく舞わせていた指で、軍刀の柄を撫でると、「尤も人は誰も自分の指とは不似合いなものを摑まなければならないものかもしれないが」そう独り言のように呟いてそのまま黙った。ピアノの話に自分から触れたことはない。

八月九日――兵舎での最後の晩だった。午後に、今朝ソ連軍が国境に侵入してきたので、明日にはこの兵舎を引き払い、北上してソ連軍を迎え撃つという指令が、師団長から伝えられていた。ソ連軍とこれだけの兵力で戦うのでは全滅は目に見えていた。明日からの行進はまちがいなく死への行進だった。

兵舎の夜は既に死に似た静寂に包まれていた。

山田は大尉の許しを得て早くから寝についたが、なかなか眠れなかった。戦場に立てば覚悟ができるだろうが、兵舎内で人並な姿で横たわっていると、近づいた死がどうしようもなく恐ろしく思えてくる。

大尉もなかなか横にならなかった。夜が更けても窓際に立ち、じっと後ろ姿でいる。余りにその背が動かないので心配になって声をかけようとした時「月を見ているのだ」山田の気持を察したように寺田は呟いた。

窓の彼方に青い夜空が広がり、天頂を突いて、わずかに欠けた月があった。真夏なのに氷の薄片のように白く冴え渡った月は、蒼い光で窓から流れこみ、床に寺田の影を長く伸ばしていた。

「死ぬ覚悟はできているか」自身に問いかけるように、ふり返ることもなく軍服姿のままの背で、寺田は言った。山田は「はい」と答え、起きあがり、大尉のために最後の晩に何かすることはないかと尋ねた。それには何も答えず「万が一、自分一人が生き残ったら、国の家族に伝える言葉はないか」また独り言のように言った。山田が「自分は立派に戦って死んだと伝えて下さい」と言うと、大尉は黙って肯いた。山田が自分の方からも「もし自分が生き残ったら御家族に伝える御言葉はありませんか」と尋ねると、それには苦笑いするような声で「自分には家族らしい者はないよ」と答えた。国を出る時には母と義兄がいたが、本土は空襲がひどいそうだから、おそらくもう死んでいるだろうと素っ気ないほどの言い方をした。

――それからしばらく寺田大尉は黙っていましたが、やがて思い出したようにふり返ると、「右手を机の上に出してくれないか」と言われました。私は言われた通り椅子に座り、右手だけを机にさしだしました。窓から流れこむ月明りに私の右腕だけが浮かびあがっていました。寺田大尉は、指先だけを少し机から浮かせるように言うと、私の躰を背後から抱くような恰好で、私の右手に、自分も同じ右手を重ねました。私の手は、一まわり大きい大尉の手に呑みこまれたように隠れました。

寺田大尉はまず薬指で、私の薬指を押しました。私の指は大尉の指の重みで机に落ち、小さな音で月の光を砕きました。次に小指、また薬指、中指、人さし指、親指……あの曲だと私は思いました。大尉がいつも無音で弾いていた曲です。大尉は私の指にその曲を憶えさせようとしているのです。

一つの指の動きが一つの音を表しているならそれは二十二の音でした。大尉は無言のままその二十二の音を何度も何度も自分の指の動きだけで私の指に教えこもうとしました。私の後ろ肩に重なった大尉の胸の鼓動がひどく静かだったのを私は憶えています。私も先刻（さいぜん）までの死への焦りが嘘のように静かな気持になり、ただその二十二の指の動きだけを何とか憶えこもうとしました。やがて、二人の重なった手が汗で湿ると、大尉は私の手を捨てるように離し、「自分一人でできるか」と尋ねました。私は肯き、自分一人でまず薬指から始め、なんとか二十二の音を弾くことができました。大尉は私が憶えたとわかると、「ありがとう」と礼を言われ、私の体を離れました。私は、それが何の曲かは尋ねませんでした。尋ねても大尉は答えてくれない気がしたのです。

　私はただ、

「この曲を誰に伝えたらいいのですか」

　とだけ尋ねました。

「日本へ――」

「日本の誰に」

「誰でもいい」

　大尉は少し素っ気ない声で言うと、まるで遺言を無事語り終えでもしたように、軍服の上衣だけをとって横になりました。日本人なら誰でもいい、とも、どうせ誰に伝えてもわかりはしないとも受けとれる投げやりな声でした。私は静かに目を閉じている大尉の顔を見守りながら、そのまま指の動きをくり返し続けました。大尉の指に隠されていた音を吸って、私の指は蒼い月明りの中で、他人の手のように美しく浮かびあがっていました。その指がふりおろされる度に、机を濡らす月光の底からも、指の影がすっと水面に浮かびあがるように湧きあがってきて、その二つがぶつかる刹那(せつな)、私が決して耳では聞くことのできない、それだけに美しい音色を弾(はじ)きだすのです。私はその無音の曲を、耳ではなく魂に染みこませるようにして、近づいた死も忘れ、ただ月光の中に指を舞わせ続けたのでした。

寺田大尉とは、それから二日後の朝、駐屯地から三里ほど北の黄砂を敷きつめた戦場で、大尉が「突撃」の掛け声と共に壕から飛び出し、その刹那、ふと何か忘れ物でもしたように、まだ壕に残っていた私の方をふり返った顔が最後になりました。だだっ広い戦場には、大陸の夏の朝が乳白色で降りていました。その朝靄を破る銃声とソ連軍の戦車の地鳴りの中で、寺田大尉は、一瞬——ほんの一瞬私をふり返ったのです。そして私がその顔の表情を確かめる前に、既にいつもの無言の背になって、死に向かって走り出したのでした。

私はその玉砕した戦場から、捕虜にもとられずたった一人生還し、内地の土を踏むことができました。

そして二十余年が経ち、今も私の指には、その曲が遺っています。あの最後のとき、寺田大尉は私ではなく、私の指に遺した二十二の音をふり返ったのです。恐らくはいつもの黙した灰色の目で——

指の動きだけでそれが何の曲かわかるかも知れないとは思いながら、私は人に尋ねたことも自分で調べたこともありません。私が現在用務員として勤めている中学校にはピアノの上手な先生がいますが、私はその先生にもこの話をしたことはありません。ですから今以て私は自分の指に遺っている曲が何か知らないのです。しかしそれでいいのだと思います。

大尉は、一つの遺言を言葉にせず、私の指に託したのです。

無口な大尉に似合った、無言の遺言でした。

私の指に染みている大尉の声を、私も無言のまま、いつの日か、大尉の言った「誰でもいい」一人の日本人の指に伝えるのが、生き残った私の務めだと思っています。


柚木は階下に降りて、万由子にその手紙を見せた。

「そこに書かれている曲が何かわからないか」

手紙に山田は、最初、薬指から始まり、小指から親指まで順に辿っていくという六つの指の動きだけを記している。

万由子はその通りに、空に指を泳がせて首を傾げた。

「これだけではわからないわ」

「しかし、ピアノでは、曲によって指の動かし方は決まるものだろう」

「ええ。それは人によって指の長さは違うから、一つの曲を皆が皆同じ指遣いで弾くものではないし、教則本によって指遣いの指定の仕方も違ったりすることがよくあるけれど、でもメロディによっては誰が弾いても同じ指遣いになるのも多いわ。これがそういうメロディだといいけど……ただこれだけでは、曲の出だしか主旋律が始まるところか、それとも中間部なんかでメロディが変わるところかわからないし……第一、有名な曲とはかぎらないでしょ。日本の曲か外国の曲かもわからないわ」

「寺田という男が、日本人なら誰でもいいという意味で言ったなら、多くの日本人が知っている有名な曲だという気もするがね」

万由子は鍵盤の上で、薬指から始まる六つの音のパターンをさまざまに奏でてみた。音は、夏の夜に時に砕けるような悲しい響きで、時に踊るような楽しい響きで、小波だった。

「有名な曲なら、たぶん外国の作曲者のものだと思うけど。戦前の日本は、洋楽がまだ立ち遅れていたから、ピアノ曲で有名なのなんて、私知らない――でもこれだけじゃ本当に無理ね。有名な旋律だって気がするけど、こういう指遣いならいくらだってあるわ」

「二十二の指遣いが全部わかったらどうだ」

「そうね、それとリズムがわかればなんとか見つけ出せるかもしれないけれど」

「二十二という数で何拍子かはわからんだろうか」

「それもはっきりしたことは言えないわね」

「なぜだ。一応二十二でなん小節かが終ると考えていいわけだろう。だとすれば、偶数拍の曲じゃないのかね。二拍子とか四拍子とか」

「お父さんは、音楽は駄目ね」

万由子は笑った。

「二十二というのは音符の数でしょ。でも一つ一つの音符の長さがわからないわ。最初の薬指がたとえば二分音符で、次の小指が十六分音符かもしれないでしょう。何拍子かどうかは音符の数だけじゃ決まらないのよ。それに全部が同じ種類の音符、たとえば四分音符だとしても、最終拍から始まる弱起の曲だってあるし、途中に休止符が出てくるかもわからないわ。休止符は指の動きでは表わせないですもの」

「それなら、この山田という人がリズムまでも憶えていたなら、何の曲かわかるかもしれない、ということだね」

「ええ」

万由子は、今度はいろんなリズムをつけて六つの音を弾き始めた。万由子の指が電灯の光を、影に翻（ひるが）えして羽ばたきする。ピアノを習い始めて指が太くなったと嘆いていたが、指の舞いと音色だけだと、指そのものがほっそりと美しく感じられる。

柚木の頭に、月光を浴びながら、重なりあって無音の曲を弾き続けていく二人の男の手が浮んだ。

柚木は、一人の男が玉砕した戦場から運んできたその曲を知りたいと思った。秋生の話では寺田自身も生き延びて内地の土を踏んだという。九死に一生を得ながら、その貴重な命を戦後の混乱期のかた隅に葬って、謎の死を遂げた男のことをもっと知りたいと思った。

寺田は、戦地での最後の晩に一人の従兵に託した遺言を、内地に戻り自分自身の指で日本人の誰かに伝えたのだろうか――。

そんなことを考えていると、万由子がふと音を切り、

「その人——寺田っていう大尉、本当はその曲を誰にも伝えたくなかったんじゃないかしら。誰かに伝えてはいけない曲だったんじゃないかしら。伝えてはならないという気持が、でも死を直前にしてさすがに辛くなってそれで無音のまま、この山田っていう人に託す気になったんじゃないかしら。——きっと綺麗な曲だと思うわ」

「どうして」

「山田っていう人の指が綺麗だと言ったって書いてあるでしょう。美しい曲だから、美しい指に遺す気になったのよ、きっと」

万由子も、二十数年前の異国の夜に舞った二人の男の指を思いうかべているのか、視線を遠くして、そう呟いた。

2

柚木桂作が、寺田武史について書こうと決心するまでに、もう一つの偶然があった。

その年の終戦記念日が過ぎ、夏も終りかける頃、「虚飾の鳥」の映画化が決定した。来春公開予定で、日本映画としては莫大な巨費を投入した大作だという。柚木はこの映画化にはあまり乗り気ではなかったが、プロデューサーが友人の兄だという義理もあって表面上は快諾した。

主人公の鞘間重毅には、国際的スケールで活躍している大俳優が選ばれた。鞘間は写真で見る限り、一国の宰相にしてもおかしくない貫禄ある体軀だが、その外観に似ぬ小心で卑劣な男だと柚木は想像している。その意味で外見は逞(たくま)しいのに腺病質(せんびょうしつ)な演技をするこの俳優は適役だった。

鞘間の妻にも、名実共に日本を代表する大女優が選ばれた。鞘間の妻は、鞘間と二十歳近く年齢が離れていたということ以外、特別に目立つ点はなく、柚木の原作でもほとんど登場しないのだが、脚本では原作を改変してこの妻との夫婦関係に重点が置かれていた。大作なので女性観客の動員を図ろうとしたのだろう、親娘ほど年齢の離れた二人の夫婦関係が多少メロドラマ風に情感をもって描かれている。鞘間の妻は調べても何も面白いことは出てこなかったから、これは脚本家の創造のようである。事実は、鞘間の妻は三十前の若さで東京大空襲の際死んでいるのだが、脚本では終戦まで生きのびて、戦犯として逮捕されると知って自害を決意する夫につき従い自分も自害し果てることになっている。

世間も知らぬ幼ない年齢で、父親ほど歳の離れた夫に嫁ぎ、ただ何もわからぬまま軍人の妻としてのみの生き方に短い生涯を閉じた女の悲劇が、創造とはいえ巧みに描かれていた。鞘間自体の性格は原作と変りなく設定されているので、柚木はこの改変に不満はなかった。

柚木の不満はただ一つ、題名の変更であった。

鞘間重毅は、権力に弱く、その時その都度の最高権力者にべったり追従し、目まぐるしく主義主張を変えた幇間(ほうかん)のような男である。昭和三年に軍部の表面に浮上して以来、昭和初期の政権交代が烈しかった時代には、鞘間が新しい内閣成立と共に、その主義を変更した例が幾つもあった。そんな風にして鞘間は政界でのしあがっていったのだが、しかしこれが彼の命取りとなったのである。鞘間はその追従的性格から、戦前――昭和十六年半ばまでは、当時組閣されていた近衛内閣に合わせて非戦論を唱えていた。だが軍部の勢力が大きくなり、近衛内閣が倒れるという危機が専ら噂に上るようになると急遽、開戦論に意見を翻えしたのである。鞘間自身が自分の意見を持たぬことはこれでも明らかだった。非戦論は彼自身の意見ではなく、時の宰相近衛文麿の主張をそのまま踏襲したものであり、開戦論に寝返ったのは、やがて組閣された東条内閣が文字通りの戦争内閣だったからである。

開戦後一年近く日本軍が束の間の勝利に酔っていた間は、戦争の拡大のための後押しを続けた鞘間は、やがて日本の敗色が濃くなるとわかると、いち早く終戦を予想し、戦争終結論を唱え始め、ポツダム宣言受諾に賛成したのである。

鞘間の予想通り、戦争は終結した。しかし、ここに彼の計算違いが起こったのである。彼は、戦争終結に大きな力を添えた自分に戦犯として裁判の手が伸びることはあるまいと思っていたのだが、米国側の戦犯狩りは誰もが想像しなかったほど厳しいものとなっていた。戦争終結に貢献したとしても、開戦決定にも陰で大きな発言をした鞘間にA級戦犯の逮捕状が出たのである。鞘間はその期に及んでやっと自分が時の権力への追従ばかりに骨身を削ったことが自分の首をくくる結果になったのに気づいたのだろう。最早これまでと諦め、逮捕の朝、自害した。その十日前、やはり戦犯としての逮捕を拒み、大物近衛文麿が自害している。自害した戦犯容疑者は他にも数名いたが、鞘間は最後の一人だった。その死の決意までも鞘間は他人の真似をしたかのようであった。銃で頭部を撃ったことだけが帝国軍人にふさわしい最期だった。そんな鞘間の生涯は、童話の中の一羽のカラスに似ていた。外国の童話に出てくる、鳥の品評会に出場するため、その黒い羽をさまざまな鳥に似せて、極彩の塗料で塗りたくり失敗する愚かな一羽の鳥である。実際、時の権力に追従することのみに専念し、自分を見失った鞘間の人生は、他の鳥の美しさにばかり目を奪われ、自分がカラスだという事実を拒絶し続ける一羽の醜い鳥と同じだった。

鞘間は遺書を残している。その一行に「私は歴史だ」という言葉がある。世間ではこの言葉で、鞘間を歴史と共に生涯を歩んだ軍人として美化している傾向があるが、柚木は、その鞘間の最後の言葉に、歴史が動くままに追従した男の自嘲の声を聞いた。童話のカラスは最後に突然の雨で塗料を流され、露(む)き出しになった黒い羽を醜くばたつかせながら、哀れに鳴き続ける。そんな一羽の虚飾の鳥の鳴き声を柚木は、鞘間の遺言の中に聞いたのだった。

柚木は、題名に何より、鞘間重毅を見つめる自分の目があると考えている。その意味で題名を変えられることに多少の抵抗があったのである。

尤も映画化では鞘間の妻にも焦点を当てているし、大作の題名としては地味すぎることは自分でもわかっていたので、柚木はこの不満を口にはしなかった。

映画の制作発表は、九月の末週に赤坂(あかさか)のホテルの広間でおこなわれた。その席には、柚木や監督、プロデューサー、俳優にまじって映画の音楽を担当する作曲家の瀬川喜秀(せがわきしゅう)の顔があった。

瀬川喜秀は、音楽に造詣のない柚木でも知っている日本洋楽界の第一人者である。戦後の洋楽復興期に、日本の古音をテーマにした「飛鳥」という作品を発表し、世界的に評価された。キシュウ・セガワといえば洋楽界のみならず日本を代表する要人の一人となっている。

日本の洋楽界の歴史は底が浅い。大正期には三浦環（みうらたまき）のような世界的なプリマドンナを送り出してはいるものの、作曲家や演奏家が外国でも通用し始めるようになったのは、まだここ数年のことである。専門のクラシック分野だけでは食べていけない作曲家が、片手間に映画音楽を作曲している例は多い。

瀬川喜秀も戦後しばらくは映画音楽を書いていたが、「飛鳥」で外国にも名を響かせてからは、スイスにも家をもち、欧州を舞台に活躍を続けていた。

その瀬川喜秀を十五年ぶりに映画音楽に引っ張ってきたことだけでも、プロデューサーや会社がこの映画に賭ける意欲がわかった。

柚木にとって、自分の小説が映画になることよりも、実はこの瀬川喜秀との出遭いが大きな意味をもったのである。

もっとも記者会見の席で隣り合わせ、挨拶を交わしたときには、この六十を過ぎた初老の紳士が、自分にとって重要な人物になるとは考えもしなかったのだった。

芸能記者から次々に、監督、俳優、柚木自身にも質問の矢が浴びせられた。

この映画のために二年ぶりに帰国した瀬川喜秀にも外国での作曲活動や家庭生活について質

問が向けられた。パイプをくわえ、白髪を撫でながら、いかにも外国生活で洗練されたマナーで受け答えをしていた瀬川は、

「どんな曲を書くつもりか、もう腹案はありますか」

という質問になると、その質問を待ちかねていたように、マイクに身を乗り出した。

「実は、これはもう監督と打ち合わせ済みなのですが、ある人が遺したピアノ曲を使おうということになっています。終戦後三年目にちょっと悲劇的な死を遂げた軍人の形見のようなものです。寺田武史という人ですが」

英語のように流暢な瀬川の話しぶりに聞き惚れていた柚木は、思わず胸の中であっと小さく叫んだ。

記者も興味をもったようである。

「その軍人と曲についてもう少し詳しくお話し願えませんか」

「寺田君は、もともとピアニストを目指していたのですが、いろいろな事情でピアノの道を断念し軍人になったのです。尤も軍人になってからも開戦前はサロンなどでピアノを弾く機会をもっていたと聞いています。戦死したと公表されましたが実際に死んだのは、復員し三年目です。不幸な死ですから、ここでは詳しく言いたくありませんが、彼の遺したピアノ曲があるのです。私は寺田君とは、昭和初期、彼がドイツに留学していた時ちょっとした交際をもっただけですけれど、その形見のピアノ曲の楽譜を偶然私がもつことになったんです。六十小節ぐらいの短い曲ですが、中に美しい曲想があって、以前からそのメロディを基に交響詩のようなも

のを書いてみたいと思っていました。恰度いい機会だと思って監督に相談したら、監督もメロディを非常に気に入って下さって」

「つまり映画のために交響曲のようなものを一曲書かれるというわけですね」

「そういうことです」

記者連の間に嘆声のような声が、小波だった。

「別に驚かれることはありません。ソ連などでは例がありますし」

瀬川は何事もないように答えたが、今や世界のキシュウ・セガワが映画のために交響曲をつくりあげるとなれば、それだけでもこの映画は大きな話題を集めるはずであった。

柚木も驚いたが、しかし関心はやはり寺田武史の名に動いた。瀬川はかなり、寺田武史の生涯について詳しく知っているようである。瀬川の口から、もっと寺田武史について聞き出したかったが、記者の質問はそこで終り、後は写真撮影になった。

柚木がやっと瀬川と二人、ホテルのロビーでさしむかいに座ったのは、初秋の早くなった暮色がおりかけた時刻である。玄関の回転扉が人影を吸いこむ度に、既に街角に灯り出したネオンを、幻のような色彩で流した。

「まさか、柚木先生が寺田武史の名を知っておられるとは思いませんでしたよ」

記者会見での柚木の驚きを、そのまま今度は瀬川が顔に泛べて言った。

柚木は、金沢の山田の手紙のことを瀬川に話したのである。

「お嬢さんの言うとおり、最初の六つの指だけでは何の曲かわかりませんね、私もその曲を知りたいですが……」

「ひょっとして記者会見で先生がおっしゃった遺品の中にあったという楽譜の曲ではないでしょうか」

瀬川は、寺田の作曲したピアノ曲を全部頭の中に叩きこんであるらしい。驚くべき素早さで指をテーブルの隅に踊らせていたが、やがて首を振った。

「いや、あの曲にはそんな指遣いが出てくる箇所はありません」

そう言うと、ふと思いついたように、

「どうです。お時間があれば家へいらっしゃいませんか。その曲をお聞かせしましょう。原作者である先生にも聞いていただきたいと思いますが」

柚木としては、願ってもないことである。

二人はすぐに立ちあがった。

回転扉の方に歩きだしたとき、

「先生」

柚木の背に声がかかった。ふり返ると、若い男が肩から吊したカメラのような機械をガタガタいわせながら駆け寄ってくる。

秋生靹久であった。

「おや君もさっきの記者会見にいたのか。そういえばテレビの人も来ていたようだが」

「いいえ。先生の方には別の者がいきました。僕は汚職代議士がこのホテルに潜伏しているという報らせが入ったものですから。あ、そういえばそこで女優の牧岡衣里子(まきおかえりこ)に会ったんですが、彼女も今度の映画に？」

「ああ、鞘間重毅の妻の役だ」

秋生は、あれから二度柚木の家を訪れている。いつの間にか言葉つきが親しくなっている。二度の訪問で、柚木はますますこの若者が気に入るようになった。仕事だけでなく何もかもに突進していくところがある。今もそこが足音も忍ばせなければならない優雅な場所であることも忘れたように、半袖の上着から陽焼けした腕をむきだしにし、埃まみれのズック靴で絨毯(じゅうたん)の毛足を踏みつけている。

「牧岡衣里子が、鞘間文香(ふみか)に？　ちょっと似合わない気がしますが」

「いや、脚本ではかなり想像をくわえて書き変えてあるし、私の抱いたイメージにあの女優さんの顔だちは近いものだよ」

「そうですか」

秋生はそこで柚木と肩を並べている白髪の紳士が瀬川喜秀だと気づいたようである。慌てて頭を垂げた。

柚木は、秋生を瀬川に紹介し、秋生に今から瀬川宅を訪れ、寺田武史の曲を聞かせてもらうのだと説明した。秋生も瀬川が寺田武史を知っていた偶然に驚いたようである。

時計を見て、ひどく残念そうに、

「僕も是非同行して、その曲を聞いてみたいんですが……急いでいるもんですから」

頭を垂げかけ、ふと思い出したように、

「そう言えば、来週仕事で金沢へ行くことになったんです。大した仕事じゃないので、例の山田治雄という用務員に会ってくる時間があると思うのですが」

「私も会いに行こうかと思っていたところだ。恰度いい。できたら一緒に行こうじゃないか。詳しい日時がわかったら連絡してほしいね」

「わかりました」

「もちろん万由子も行きたがると思うが」

秋生は少し照れて笑うと、二人に丁寧に頭を垂げエレベーターの方へ駆け出していった。

3

瀬川のマンションは原宿の表参道から少し奥まったところにあった。以前は武蔵野に家を構えていたが、外国生活が長くなったので、その家は売り払い、日本へ戻ってきたときのためにこのマンションを買ったという。

マンションといっても部屋数は、柚木の家よりも多い。南側が総ガラス張りになった、サンルームのような居間には、グランドピアノが置かれている。他の部屋には絨緞が敷きつめられているのに、この部屋の床だけは板張りのままである。

調度といえば、壁に掛けられたビュッフェの運河を描いた絵と、ソファの傍に置かれた白磁の花壺しかない。花壺には枯れ果てた花がほとんど茎だけを残して放ってある。ずいぶん殺風景な部屋だが、たとえばその枯れた花の影が、白い壁にうっすらと染みている様からも美しい調べが聞こえてくるようである。

瀬川が奏でた無数の音が部屋中にしみこんでいるのだ。

ピアノは方々に傷がつき、艶を喪っていた。

「戦前に買ったものです。シードマイヤーというんですが、長年一緒に暮していると老妻のような気がしてきましてね。声の嗄れた老人のように、音もすっかり老けてしまったのですが、それだけに愛着のようなものを覚えましてね」

瀬川はピアノを撫でた。老いた愛馬を労わるような優しい手だった。

それから瀬川は部屋を出た。しばらくして数枚の楽譜をもって戻ってきた瀬川は、そのうちの二枚を柚木に手渡した。

「これが、寺田君の直筆と想われる、さっき言った曲の楽譜です」

紙はすっかり黄変している。五線も音符も二十数年の時の流れに蝕まれ、かすれかかっている。上方の空白に題名のようなものが書きこまれているが、これもほとんど見えなくなっている。

「〝九つの花〟と日本語、フランス語、両方で書かれているんです。フランス語の方はネフ・フロとルビがうってあります」

言われてみると、そう読めないことはない。

柚木は、楽譜にじっと視線を注いでいた。柚木は音符が読めないので、いくら見つめても、二十数年前の過去から一人の男が伝えようとしている言葉は、何も聞きとれないのだが、しかし直筆の楽譜を見ていると、柚木の頭の中で初めて、寺田武史という男が現実になった。二十数年前、たしかにこの楽譜を書いた一人の男が存在したのである。それは勿論、輪郭のわからぬ影としてしか柚木の頭には泛んでこないのだが、しかし楽譜の黴(かび)臭い臭気の中で、その影には初めて生々しさが感じとれた。

「早速、弾いてみましょう」

瀬川は、完全に暗譜しているらしい。楽譜を持たずにピアノの前に座った。

蓋(ふた)を開くとき、軋(きし)んだ音がした。中から現われた鍵盤も、老人の歯のように黄茶け、朽ちかけている。だが瀬川の指が落とされると最初しばらくは低い音が続くだけなのに、部屋中の空気が、巨大な楽器ごと蘇ったように思えた。黒馬が、眠りから覚め漆黒の毛並を光らせて、毅(き)然(ぜん)と立ちあがったようであった。

出だしの低い、物哀しい旋律が途切れると、不意に曲想は烈しくなった。柚木はすぐに楽譜に追いつけなくなったので、目を閉じた。短調の悲劇的な曲想が、崩れおち、沸きたち、波のようにうねる中で、幻の黒馬が疾駆し続ける。やがてまた静かに、出だしの旋律に戻り、それが二度くり返され再びその静寂を飲みこむように、嵐のような烈しい曲想が崩れおち……また闇の見えない糸に光の粒を繋(つな)ぐように最初のメロディが奏でられた。

曲が終っても、柚木はすぐに目を開くことができなかった。

余韻の中でまだ光り続けている黒馬の毛並がやがてゆっくり霞(かす)みだし、最後に何の音もない闇だけが残ると、柚木はやっと目を開いた。

やはり曲の余韻にうな垂(だ)れていた瀬川が、静かにふり返った。

「いかがですか」

柚木は、吐息をついた。

「素人で何もわかりませんが、感動しました。曲自体がいいのか、演奏が素晴らしかったからかわからないのですが」

瀬川は最初の物哀しい旋律を右手の指だけで弾くと、

「この十六小節が主題といえるもので(楽譜1参照)、これが何度も出てくるのはおわかりになったでしょう。主題としてはかなり低音なのですがそれが悲劇的な効果を生んでいるのです。この十

楽譜1　〝九つの花〟の主題(ハ長調)

六小節をオーケストレーションして映画に使いたいと思っています」

柚木は、その低音に兵士たちの死骸を沈めた戦場の土を思い泛べた。「虚飾の鳥」の主人公は軍部の上層にいたから戦場に立ったことはないのだが、この曲で戦争の悲劇が強調できるのではないかと思った。

「〝九つの花〟という題名はどんな意味があるのでしょうか」

「それは私にもわかりません。なにかそういう題名の詩でも読んでそれに感化されて造ったのではないかと思うのですが……それにこの楽譜にはちょっとおかしな点があります」

「というと？」

「題名の傍にハ長調と記されていますが、聞いてもおわかりになったでしょう、これは短調なんです。ハ長調の音階をそのまま短調に移行してできるイ短調の曲です。それなのにハ長調と指示がある。寺田君がそんな幼稚なミスをおかすとは思えないのですよ」

「すると、これが他の誰か——もっと音楽的知識のない者の作曲かもしれないわけですか」

「その可能性はあると思います。左手の和音のつけ方も非常に単純なものです。素人に近い人の作曲ではないかという気もするんです——ただ曲の悲愴な感じはいかにも悲劇的な運命を背負った寺田君が書いたものらしく思えるのですが」

柚木は、ぼんやり楽譜を眺めていた。曲を聞いた後では、色褪せた紙に小さなしみのように舞っている音符が、一人の男の不幸な生涯を物語っているように思える。

瀬川から受けとった楽譜は二枚あった。下になっていた一枚に目を移して、柚木は、おや、と思った。二枚で一曲分と思っていたのだが、よく見ると、下の一枚にも〝九つの花〟という題名がかすかに読みとれる。音符の動きももう一枚と同じようである。その方もかなり古いものであった。

「先生、寺田武史は同じ楽譜を二枚遺したのですか」

「いや——これは記者会見では省いたのですが、その一枚は、戦争末期に私が偶然手に入れたものです」

「どういうことでしょうか」

「その前に、私が知っている範囲で寺田君のことをお話ししましょう」

そこで、瀬川は思いついたように、お茶の支度をしましょうと言って部屋を出ていった。しばらくして運んできた盆は漆塗りで、茶碗も黒楽の渋いものである。柚木は、瀬川の雰囲気から漠然と紅茶の支度を想像していたので、これには少し驚いた。

「むこうにいると日本の味が恋しくなりましてね」

そう言いながら、一口啜ると、瀬川は静かに語り始めた。

寺田武史は明治末期の生まれである。父親は日清日露の戦いでも功績のあった軍人だが、これは武史の実父ではない。武史の生母が、幼少の武史を連れて、その寺田家に後妻として入ったのである。義父にも前妻との間に息子が一人いた。義兄にあたるその子供は、武史より五、六歳年上だった。

義父は、自分の血の繋がった息子の方を軍人に育てようとしたが、武史には自分の望みどおりにさせた。武史は痩身ではあっても、軍人にしてもおかしくない確かな体軀であったが、性格的には子供の頃より物静かで学問を好んでいた。学者にしたいというのが義父と母親の希望だったようである。

だが幼少の武史には、学問以上に魅きつけられるものがあった。当時、寺田家の隣にはドイツから来た外交官夫妻が住んでいたが、その家から終日流れてくる異国の楽器の音色である。武史はよくその家の庭に忍びこみ、開いた窓から小さな頭を覗かせ外交官の妻がピアノに興じている姿を盗み見ていた。

外交官夫婦には子供がなかった。異国での暮しに淋しさもあったのだろう、武史を、自分の子供のように可愛がった。小さい武史が興味を示すので、外交官の妻はピアノを教えてくれた。

武史の生母、あるいは死んだ実父の血筋にどんなものがあったのかわからないが、武史はその異国の楽器に非凡な才能を示した。音符を憶えるのが早く、指自体は長くはなかったが、指の間隔が広く子供の頃で既に一オクターヴを押えることができた。ドイツ人夫婦は感心し、片言の日本語で、武史の指はピアノのためにあるようだと、母親によく語ったという。

武史が十八のとき、ドイツ人の妻の方だけが帰国することになった。このときドイツ人の妻は武史をドイツへ連れて行き、もっと専門的な教育を与えたいと申し出た。この頃には武史の腕は、本国で以前演奏会を開いたこともあるという外交官の妻を遙かに凌ぐほどになっていたのである。費用は外交官夫妻が出すという条件であった。

武史も強く望んだ。母親は反対だったようだが、義父が度量の広い人で、これからは広い世界を見ておいた方がいいという意見で、武史の意志を認めてくれた。それに武史は、無口でなに一つ口応えしない性格だったが、こと音楽に対しては、自分の意志を強固に貫くところがあった。

こうして昭和初期、武史は外交官の妻と共に日本を離れ、シベリヤ経由でドイツにむかったのである。外交官の本国の家に泊り、当時世界的に名のあったハンス・バルザーというピアニストに師事した。日本を出るときは数年間は帰国しない決意だったが、しかしこのドイツ留学はわずか一年で打ちきられた。

「私はその一年の間にむこうで二、三度、寺田君と会いました」

瀬川は言った。瀬川自身は大正の中頃ドイツのベルリン大学に留学し、太平洋戦争開戦直前に日本へ戻っている。

「寺田君は、確か私より二つ歳下でしたが、ピアノに関する限り、実力は私など比べものにはなりませんでした。技術は日本人離れしていました。尤も西洋音楽の下地が全くなかった日本で勉強していたのですから、同年代の外人に比べれば、その技倆も見劣りするものでしたが、しかし大器を感じさせる萌芽(ほうが)はもっていました。音色が非常に東洋的なものがあって、むこうでも評判はよかったのです。大使の家のサロンで、月光ソナタを弾くのを私は聞いたのですが、琴の音色を思い出したのを今もはっきり憶えていますよ。あのまま勉強していたら、日本の西洋音楽史を塗りかえるような名演奏家が誕生していたかもしれません」

ところが、一年後、突然寺田武史は日本へよび戻されたのである。士官学校に入っていた義兄が演習の際、腰骨を砕く事故を起こし、二度と軍人としては立ち直れぬ体になったのだった。その事件で衝撃を受けた義父もまた病床に伏し、危篤状態に陥ったのである。義父は、武史が、ドイツを発った日に、必ず武史に自分の跡を継がせてくれという言葉を遺言に死んだのだった。義父に恩を感じていた母は、その遺言通りにしてくれと、帰国した武史に迫った。寺田武史の胸中でこの時どんな葛藤があったかはわからない。仏壇にすがりつくようにして頼む母に、しばらく黙っていた武史は、いかにも無口な男らしく、「軍人になります」とだけ答えたのだった。

尤も、それで音楽の道を断念したというわけではなかった。士官学校に入った武史は、休暇には終日、隣の外交官の家に閉じこもってピアノを叩き続けた。士官学校を出て、職業軍人になってからも、それは続いた。一部では、国に命を捧げる武人が、軟弱な音楽などに手を染めていることを非難する者もあったが、外国大使を招いた晩餐会などでは、寺田武史の演奏は格好のもてなしとなり、重宝がられた。さらに上官には義父の知己が多くいたので見込みがよく、軍人としての出世は早かった。また寺田武史自身、軍務の腕も立った。文武両道というが、音楽も文事に入れるなら、たしかに文武両面で非凡な才を発揮したのである。

少尉になってすぐ、満州事変が勃発し、彼は大陸に出征した。出征の前の晩、彼は好んでいた無言歌の一曲を弾き、ピアノに鍵を掛け、その鍵を身につけて戦場へと旅立った。もし戦死したら、そのピアノを焼くか、海に沈めて欲しいと言い遺した。

最初の出征からは無事に帰還したが、二度目の出征の際、寺田武史は片脚に銃弾を受けた。

軍医は切断した方がいいと言ったが、彼は拒み通し、恐ろしい苦痛と闘いながら、何とか松葉杖をついて歩けるほどに負傷を克服したのだった。内地に戻り自宅で療養を続け二年という長い年月を経て、軍医に不治の烙印を押された骨折を完全に癒した。この奇跡的な回復は、生きた脚でもう一度ピアノのペダルを踏みたいという彼の執念が実ったものだが、しかし、これが命取りとなったのである。

二ヵ月後、日米戦争が開始され、日中戦争も泥沼の様相を呈し始めた。開戦一週間目に出征命令が出た。最初はフィリッピン方面に送られたが、熱帯の戦地で彼の部隊は好戦を続け、やがて中国方面に回されたようである。以後どんな経緯があったかは、はっきりしない。

寺田武史は、休暇が出ても日本へ戻ることはなく、生母や義兄に手紙を送ることもなかった。大東亜戦争の末年、昭和二十年の三月、彼は朝鮮の京城から南洋諸島の戦場に送りこまれる師団に大尉としていたことがわかっている。戦争と国の運命は、既に袋小路を突き破り、玉砕への最後の傾斜を滑り落ちようとしていたのである。とりわけ南洋諸島での戦闘は苛酷であった。下の者には行先も告げられず、ただ死だけが確かな海洋に向かって京城の港から船は次々に送り出されていった。

しかし寺田武史は運よく、この死の船出を免れることができた。寺田武史がいつから胸を患っていたかはわからないが、乗船の前日、彼は喀血し、竜山の陸軍病院へ収容されたのである。回復に三ヵ月が掛った。実はもう一ヵ月回復が遅れれば、彼は昔と何一つ変らない体で故国の土を踏み、新しく蘇った日本で音楽の道を極めることができたかもしれない。

南洋行を免れたのは幸運といえた。しかし、アジアの小さな島の国民が泥水の中で蛆虫のように蠢きあいもがいていた時代に、確かな幸運などというものはなかった。戦場に立てる体になった彼に、七月、ソ連軍を迎え撃つ満州辺境の部隊長の地位が与えられたのである。満州へむかう鉄道に乗りこむ前に、彼は負傷で日本へ帰る一兵士に、一枚の楽譜を預けた。その兵士は言われた通り、内地に戻ると、鈴田弘志という男の家を探した。鈴田は、唱歌や童謡などを作曲して名のある男で、寺田武史とは音楽を通じての友人である。しかし鈴田は三月の大空襲で死んでおり、寺田武史の楽譜を受けとったのは生き遺った妻であった。音楽のわからぬ妻は、寺田の形見になるかもしれない品を、自分の手許で持ち腐れにしては済まないと思い、やはり鈴田と交友のあった瀬川に預ってもらうことにしたのである。

寺田隊長の率いる部隊は、八月十一日、終戦をわずか四日後に控えソ連軍の侵入を阻止しようとして、玉砕した。わずかに生き残った者もシベリヤに送られた。戦死公報に名が出た。

この戦争で、また寺田武史の義兄も死んでいる。体の不自由だった彼は、空襲で逃げ遅れ、焼死した。寺田武史の生母は生き伸びて終戦を迎え、戦後五年目に病死した。

こうして総数二百万にのぼる死者を出した戦争は終ったのだった。

話は、ここで一挙に終戦より三年後、昭和二十三年の末に飛ぶ。

「その頃、私は仲間と共に、戦後の音楽復興に力を注いでいました」

瀬川は、静かに語り継いだ。

いつのまにか窓の外はすっかり夜である。シャンデリアの光で、ガラスに部屋が映し出されている。点々と散った街の灯に、ガラスに映し出された虚像のピアノが、夜空を渡る影の舟のように浮かんでいる。

「そして大晦日も近い頃、私たちが集まっていた仕事場に一人の刑事さんが訪ねてこられたのです。クリスマス・イヴの晩、横浜の中華街の近くで殺された男の身元がわからないので弱っているが、遺品の中にこんな楽譜がでてきた、これに心当りはないかと言われたのです。私は一目見て驚きました。鈴田弘志の奥さんから貰い、私が大切にしまっておいた楽譜と同じものでした。刑事さんが殺された男の写真をもっていました——寺田武史でした」

寺田武史は、日本に戻ってからは、津上芳男という偽名を用いていた。

その津上と名乗る男と中国人の二十七、八の女が、横浜のかた隅の集落に住みつくようになったのは、終戦の翌年の春からであった。男は後の警察の調べで、盗品を捌(さば)くような仕事をしていたことがわかった。戦前、富裕な暮しをしていた者でも焼け出され、戦後は残った骨董品や宝石などを売って生計を繋いだ者が多かった。男がそういった品を闇市で売って金を儲けていたことが判明したのである。男のヤクザのような風体からみて、それらの奢侈品が正規のルートで手に入れたものとは思えなかった。

女の方は、港の淫売窟で船員達を相手に躰を売っていた。

二人はバラック小屋で、ちょうど売春婦とヤクザのひものような関係で暮していた。男は女を「玲蘭」と呼んでいた。女は中国人だということを隠さなかった。隠すことができなかった。

女は中国語しか話すことができなかったのである。集落の住民の一人の証言では、山東訛(なまり)の中国語を喋っていたという。

日本語が全く喋れないことから、女が日本に渡って間もないことが想像された。

「これは警察の考えなのですが、おそらく寺田君は満州の戦場で九死に一生を得た後、日本へ戻る途中、どこかの街でその玲蘭という女と出遭い、愛情関係をもったのではないかと——二人は新しい生活を夢見て日本へ一緒に逃げたのでしょう。引き揚げ者がどんな辛酸を嘗(な)めたかは勿論、ご存知ですね。女の方が、中国人だという身分を偽っての引き揚げは、決死の逃避行のようなものだったと想像されます」

だがそれほどまでに烈しかった愛も、内地で二年目を迎える頃には壊れた。終戦直後の日本は、愛という言葉を受けつけないほど荒廃していたのである。

やがて男は、異国の女の躰に飽きたというように、日本の女を漁るようになった。相手は主に、玲蘭と同じ淫売窟で躰を売っている売春婦達だった。そのうちの一人と男は関係を深くした。その女がよく中国人集落に訪ねてくるようになった。異邦の地で、命を賭して附き従ってきた男に棄てられ、一人放り出されかけた玲蘭が、どんな惨めさを味わったか容易に想像される。

こうして事件は起こった。クリスマス・イヴの晩、安宿の一室で玲蘭は突如、津上芳男——寺田武史を射殺したのだった。

玲蘭は二日後、寺田の新しい女をも殺害し、逃亡した。

「玲蘭という中国女性は、結局、逮捕されなかったと聞きましたが」

「そうです。しかし逃げおおせたのではありません。片言の日本語しか喋れない女なら捜索の手は容易に伸びたでしょうから。玲蘭が、そう、たしか松本信子という名でしたが、その日本の売春婦を殺して五日後――私が男の死体を寺田武史と確認して三日後、大晦日の晩です。油壺に玲蘭と思われる日本語を片言しか話せない女が現われ、夜中にその女が崖の上から、海中に身を投じたのを住人の一人が目撃しています」

「死体は見つからなかったのですか」

「ええ。潮流が渦を巻くところでしたから、どこかへ流されたのだと警察は考えたようです。岩から血痕が発見されましたから死んだことは間違いないようですが――玲蘭らしい女がその日の夕刻、浜辺を髪をふり乱し素足で放心したように歩いていた姿を何人もの人が見ています」

「玲蘭が海にとびこむ瞬間を見ていた人もいるのですね」

「そう、あの辺りの駐在です。夜半近くに附近の家でちょっとした事件が起こったのですね。その家に自転車で駆けつける途中の道で、ふらふらと歩いている女を見つけたので、呼びとめて何をしているのかと尋ねると、女はちょっと困った容子でなんでもないと答えたそうです。その語調が中国人のようだったのです。駐在はおかしいとは思ったのですが、急いでいたのでともかく事件の起こった家にむかい、帰路に再びその女を見かけたのですね。女は崖の方へ歩いていきました。駐在はいよいよおかしいと思って自転車をとめ女の後を追いかけたのですが、既にかなり距離があったので、女が崖から身を投げるのを救うことができなかったということでした――言葉を交わしたとき、夜目で女の顔をはっきり確認したわけではなかったらしいのですが、玲蘭の特徴と完全に一致していることを認めました」

結局、事件は、その玲蘭の投身自殺で、結末を迎えたのだった。

瀬川は、ため息をついて、パイプに新しい煙草をつめた。

「これで私が知っていることは全部です」

柚木は、瀬川の話を聞きながら、ずっと胸にくすぶらせていた疑問を口にした。

「先生――寺田武史が折角生きて日本の土を踏みながら、なぜ戦前の自分の半生を否定するように、偽名まで使って社会の底辺に身を投じたのか、その理由はわからないのでしょうか」

瀬川はその質問を予期していたようである。柚木の言葉の中途で、目を曇らせ、しばらくパイプの煙を追っていたが、

「あなたは、ウィットゲンシュタインというピアニストをご存知ですか」

柚木は、首をふった。

「恰度、寺田君と同じで、ピアニストでもあり軍人でもあった人です。第一次世界大戦で彼は右腕を失ったのです」

「――」

「それでもピアノが諦められなかったのでしょう。当時の作曲家の何人かに、左手だけで演奏できる曲を作ってくれるよう依頼しました。しかしやはり左手だけで芸術性の高い曲を作るのは不可能に近いことでしょうね。ラヴェルの作曲した〝左手のためのピアノ協奏曲〟だけが名

曲として今も残っていますが、その他の曲も、ウィットゲンシュタインの名も音楽史からは消えてしまいました。――先生、寺田武史は日本へ戻ったとき、そのラヴェルの曲しか弾けない体になっていたのです」

「つまり……」

内地の土を踏んだ寺田武史の躰には、右腕がなかった、と瀬川が言いたかったのはわかったが、柚木はその言葉を呑みこんだ。

柚木の無言に、瀬川も無言で肯いて、

「おそらく、満州の戦闘での負傷でしょう。私は、彼の死体に右腕がないことを知って、改めて寺田君の生涯にはピアノしかなかったことを想いました。寺田君は生きて内地の土を踏んだのではありません。彼の命は、最後の戦場で、右腕と共に死んだのです」

瀬川は目をわずかに伏せている。目には、同情というより、当時、寺田武史が味わっただろう苦渋を同じ音楽家として自分のものに還元しているような痛みの色があった。

柚木にもその痛みがわかる気がした。画家が視力を失ったのと同じなのだ。いや画家なら、闇のキャンバスに想像の色を塗りつけることができるかもしれない。だが手を失くした演奏家は、自分の芸術を追い求める術は完璧に断たれるのである。瀬川が言う通り、寺田武史の生涯は、満州の戦場で果てたのだろう。死んだあとの人生を彼は廃墟の最も悲惨な部分に投じ、堕落し――死んでいったのだった。

柚木が、寺田武史のことを小説に書こうと決意したのは、この時である。

二人の間に、長い沈黙があった。

瀬川は、やがてその沈黙に気づいたように、

「腹が減りませんか。この近くに美味い日本料理を食べさせる店があります。案内しますよ」

わざと声を明るくして言った。

柚木が、礼を言うと、瀬川はすぐに立ちあがろうとしたが、浮かせた腰を思い直したように再びソファに沈めた。短い間、瀬川は横顔で、言葉をきりだすのをためらっていたようだが、やがて思いきったように柚木をふり返った。もともと外人めいた顔だちが長い外国生活でいっそう彫りを深めたのだろう。柚木を見つめる目は、青味さえ帯びて見える。

「先生には、やはり寺田君のことを書いてもらいたいと思います。二十年前には、彼が偽名まで使って故国での自分を抹殺しようとした気持を大事にしてやろうと思い、できるだけ事件はそれ以上大袈裟なものにしたくなくて、私だけが気づいていた一つの事実も、警察には知らせずにおいたのですが——しかしあれからもう二十年以上経っています。私は、やはり寺田武史という名を何かの形で後世に残しておきたいと思っています。——実は、寺田君が殺された事件には、警察がつけた解決では割りきれないものが残っているのではないかという気がするのです」

「先生が気づかれたのに警察に故意に報らせなかった事実があるとおっしゃいましたね」

「そのことです——この楽譜なんですが」

柚木は、瀬川の話に夢中になっていて忘れていたのだが、〝九つの花〟の二枚の他に、もう

一枚の楽譜があった。

瀬川が指で示したその楽譜も、紙が色褪せている。ただ題名の部分に、ＳＯＳと書かれたアルファベットは、かなり鮮明に読みとれた。

「これも、寺田君の遺品の中から出てきたものです。このＳＯＳも〝九つの花〟と同じ人――つまり寺田君自身の作曲と想像されるものです」

「ＳＯＳというのはモールス信号の？」

「そうです。曲の出だしと最後に、モールス信号のＳＯＳのリズムが出てくるのです。弾いてみましょうか」

瀬川は、再びピアノにむかった。やがて指が烈しく動き出し、音が銃弾のようにとびだした。

柚木の視線は、左手の動きだけに集中した。

左手の和音はＳＯＳ信号と同じリズムである。
・・・――― ・・・　・・・――― ・・・
何度もそのリズムがくり返され、不意に乱れた。柚木は、瀬川がミスをしたのかと思った。だがそれからしばらく機械が狂いだしたように不気味なリズムが続いた。間のびしたり、突然速くなったり、異次元の時の流れの中に身を置くようだった。

しかし、やがてまたＳＯＳの規則正しいリズムに戻り、曲は終った。

瀬川は、指で楽譜の五線をなぞって、

「お聞きになってもわかるでしょう。最初と最後の部分はＳＯＳのリズムです。実際のモールス符号と長さや間隔は違うのですが、左手の和音のスタッカートのついた短音をトン、八分音符の長音をツーと考えると、たしかにSOSになります。この部分は、指示どおり四分の二拍子になっています。ところが中間の十七小節はリズムも拍数もでたらめに狂っているんです」

「その部分が信号になっているのでしょうか」

瀬川は肯いた。

「私も一小節が一字の信号になっているのではないかと考えて、リズムを信号の長さに換えてとり出してみたのです。八分音符をツー、十六分音符を点で表されるトンと考えるんです」

瀬川はメモに、次のように書きこんだ。

×××　－・・－・　・－・――　××

・――　―――　・－・－　・――・

――・－・　――・・－　・・－・・　――・――

――・　－・－・・

柚木にはまるでわからないその符号を瀬川は説明した。

「×の部分は、休符が書きこまれている小節です。つまりその小節には音がまったく出てこないわけです。しかし音符が書きこまれている他の部分を字に置き換えてみると（楽譜2参照）」

瀬川はさらに次のように書きこんだ。

楽譜2

SOS

×××モテ××ヲコロセシヒトアリキ

「最初の×××モテというのは、何かをもって——つまり、何かによって、とか何かのために、という意味ではないかと思います。すると、何かによって、またはあることのために、誰かを殺せし人ありき、という文になるでしょう?」

「字数から言うと俳句ですね」

「そう、×の部分を入れて恰度十七字です」

「しかし×の部分にはどんな字が入るんでしょう」

「それは私にも判りません。これをつくった人——寺田君と考えていいでしょうが、彼は、その部分の字を故意に伏せて、この俳句を伝えようとしたのだと思います。休符を使ってあるのはその部分の語だけは、報らせるわけにはいかない、と思ったのでしょうね」

「なにかの殺人事件のことを詠んでいるようですが——」

「ええ、そして×××もて、つまり動機と、××を、つまり殺された被害者の名を故意にわからないようにしてあるんです。いやもう一つ、殺せし人ありき、その殺せし人、つまり犯人が誰であるかも」

「ある理由で、ある人がある人を殺した——そうなるわけですね」

「ええ——」

「自分が玲蘭に殺された――その事件のことでしょうか」

「いや、彼は殺される前に既にこの信号をつくったんですから」

「しかし、自分が殺されることを予想してつくっておいたのだとしたら」

「それは考えられますね」

「その場合は、被害者が寺田自身、殺せし人が玲蘭ということになるんでしょうが」

瀬川は顔をあげた。

「柚木先生、二十年前、私はこの俳句に気づいたとき、寺田君の死には、警察が考えている以上の奥深い何かがあると思いました。今もその気持は変りません」

柚木も同感だった。この俳句には、何か重要な秘密が隠されているに違いない。寺田武史の生涯を書くことは、その秘密を解くことになるのかもしれない――柚木はそんなことを思いながら、

「そう言えば、ＳＯＳというのは救助信号ですね、誰かに救(たす)けを求めるという……」

独り言のように呟いていた。

4

十月に入って最初の土曜日、柚木は、万由子と二人、金沢へ旅立った。

秋生は仕事の都合で、すでに前夜の夜行で出発していた。問題の投稿者、山田治雄を連れて、夜に柚木が泊る旅館へ来ることになっていた。山田には前もって秋生が連絡をつけておいてくれた。

米原（まいばら）まで新幹線で行き、北陸本線に乗り換えた。晴れていたが、秋晴れというのではなくまだ夏が残っているような白い空で、車窓の田圃（たんぼ）には黄色く実り始めた稲が風に波うち、陽の光を撥（はじ）いていた。

それが、加賀（かが）を過ぎ、金沢が近づくにつれて暗くなってきた。白い空が鼠色にくすんで景色の底へどんどん沈んでくる。もう夕刻であった。初めは夕闇がせまったのかと思っていたが、金沢に着くと雨が降っていた。

筋もひかず、ただ霧のように煙る雨である。

駅前で拾ったタクシーは、繁華街を進んだ。古都とはいえ、中心部は、現代の都会と変りはない。ただ雨のせいだろうか、灯り始めたネオンの色も東京と違って落ち着いている。

繁華街を突きぬけると、風景が不意に細長く左右に伸びた。雨雲と夕闇を重ねて、墨色に川が流れている。室生犀星（むろうさいせい）がその名の一字をとった犀川（さいかわ）である。土手も川原も四角い石を敷きつめ、土手に連なる柳は細い葉の影を、雨と共に垂れている。犀星の詩の韻（いん）が流れの音に響いていた。

宿はその犀川に沿って立っていた。障子窓を開くと、窓べりから石畳が川へと滑（すべ）り落ちている。

「和傘をさして川縁に佇んでみたいわ」

旅情を覚えるのか、万由子はそんなことを言った。

約束の七時を少し過ぎ、電灯の光が眩ゆさをます刻、秋生が山田を連れて入ってきた。

柚木も万由子もまだ風呂に入っていなかった。女中に勧められたが、この客のために服を脱ぎたくなかったのである。

山田治雄は想像していたより若く見えた。いや、皺は年齢相応に寄っているのだが、山羊のように円い目が、顔だちを若く、というより幼なく見せている。その目を見ていると二十数年前の坊主頭の一兵士の顔が泛んだ。地味な色の背広は肱がすれていた。

山田は手土産に土地の酒をもってきた。そのお返しのように、万由子が東京から持参した菓子箱をさし出すと、しきりに恐縮した。秋生がどんな風に話したのか、柚木のことを大先生のように思っているらしかった。背広を着なれないのだろう、ネクタイを締めつけた首が苦しそうである。

それでも料理が運ばれて、盃を重ねると、やっと少しうちとけた容子を見せ、質問に答えるだけでなく、自分からも喋るようになった。

世間話は、いつのまにか戦地での思い出話となった。山田治雄は、日本兵が意味もなく中国人を殺戮する現場を何度も見てきたという。その惨状や陸軍の非道なやり方を刻明に話し始めたが、万由子が箸を置いて困ったようにうつむいているのに気づくと、

「いや、済みません。食事中にこんな話を始めて……私だって今もってあのときのことを思い

出すと胸が苦しくなるのです。ともかく上官といっても星の数に力を借りて横暴を働く非道な連中ばかりでした。私も軍靴で踏みつけられ足の小指を使いものにならなくされてしまったのですが……そんな連中が上に立っている日本陸軍は戦争に勝てるはずがないと思っておりました」

北陸の訛で訥々と喋っていた山田は、

「いや、寺田大尉だけは別です」

語調を改めて言った。

寺田は無口でとっつき難かったが、冷淡な感じはまったくなかったという。山田が長い戦地体験で唯一出逢った軍人らしい軍人であった。

尤もそんな無口な寺田との一ヵ月には、記憶にとどめる事は起こらなかったようである。

柚木が原稿で読んだことを、改めて本人の口で確かめただけだった。

「あの国境で、私たちは皆、ただぼんやり死を待っていたのです。寺田大尉もよくこんな風にして」

山田は両手を組んで顎の下に置き、

「軍刀を床に立て、その柄に頬づえをついてぼんやり窓の外を眺めておられました」

「窓の外には何があったのですか」

「何も——ただ平原というか、砂漠のような砂地がどこまでも続いていました」

食事の途中だったが、柚木は原稿にあった二十二の指遣いを尋ねることにした。

山田は、指と指との時間的間隔も憶えているという。

「その指の動きを、この娘に見せてやってくれませんか。娘はピアノを習っているので、もし有名な曲ならわかるかもしれません」

「はい」

　山田は小学生のように素直に返答して、自分の前の皿をかたづけ、小さな空間をつくると、少し恥ずかしそうに右手をさし出した。

　寺田が綺麗だと言った指は、歳月に壊されたように年寄りらしく皺を深めていたが、しかしたしかに男としては色が白く細い。

　山田は、黙って原稿に書かれたとおり薬指から始めて、指を動かし始めた。皆、聞こえるはずのない音を何とか聞きとろうとするように耳を澄ました。

　犀川の水音だけが、障子に和（やわ）らいで部屋に響いていた。

　山田はゆっくりと指を動かし続けた。テーブルの黒い漆（うるし）の艶（つや）が、指が奏でている音色を光に包みこんで消してしまうように思えた。

「これだけです」

　山田が指の動きをとめて言うと、万由子が、

「済みません、もう一度お願いします」

　手帳をとり出し書きこむ態勢になって、じっと山田の指に目を注いだ。山田が指を動かす間、万由子は手帳に何かをしきりに書きつけた。

山田は万由子の頼みで、それから四度同じことをくり返した。

「憶えましたわ。ありがとうございます」

万由子は手帳を、テーブルに置いて言った。

「何の曲かわかる？」

秋生が聞いた。万由子は首を振った。

「でも東京へ戻ったらいろいろ楽譜をあたってみるわ」

「瀬川先生ならすぐにわかるかもしれないね」

柚木は言って万由子から手帳を借りた。

手帳にはアラビア数字と漢数字が並んで書かれている。

二八八八四　四　四八八二八八八
4 5 4 3 2 1 1 5 4 3 4 3 2 4 3 1 2

四　四　二
1 1 5 4 1

「アラビア数字は指の種類です。ピアノでは右手も左手も親指から順に１２３４５と数字で表すの。３が中指で４は薬指ということになるわ」

万由子が説明した。

「漢数字の方は?」

秋生が覗きこんで聞いた。

「音符の種類よ。二は二分音符、八は八分音符——山田さんが指をとめた長さで想像して書きこんでみたんです。正確にこの通りだとは断言できないけど」

「漢数字が書きこんでない指が四つ出てくるね」

「それは装飾音符だと思うの。次の音符につなげるための飾りみたいな音ね。ここの——」

万由子は１５と書かれた個所をさして、

「1と5は親指と小指なんだけれど、小指の音が主で、１の親指はその前に瞬間的に短くつけられるのね。実際に音符で書いてみた方がわかり易いかもしれないわ」

万由子は適当な紙を探した。秋生が鞄(かばん)からノートをとりだし、一枚を破って渡すと、万由子は、手帳を見ながら、こんな風に書いた。

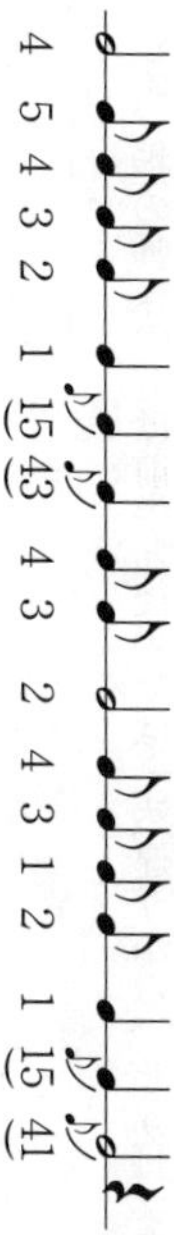

4 5 4 3 2 1 (15 (43 4 3 2 4 3 1 2 1 (15 (41

万由子は自分で書いていたものをじっと見つめていたが、

「たぶん四分の四拍子の曲ね。しかも二度同じような曲想がくり返されるのよ。二番目に二分音符がでてくるところからは、最初半分をくり返すような形になっているもの」

「完全に同じメロディが二度くり返されているの」

秋生が尋ねた。

「いいえ、指の動きの方は前半と後半では全然違うから。そうね、音程が変ってよく似たメロディが続くんだと思うけれど——たとえば、有名な〝運命〟の出だしね。ミミミドー・レレレシー、ああいう形になっている気がするけれど」

万由子から、その紙を受けとると、山田はしばらくじっと見つめていた。自分の指に長い間潜んでいた音が、そんな暗号のような形で顕わされているのが信じられないようだった。

「それにしても、二十何年もの間、よく忘れずにいらしたものですね」

柚木が嘆声をもらすと、

「戦場から逃げ出したときも、なんとか日本人の引き揚げ者の中に混りこんだときも私はたった一人でした。列車の中でも船の中でも身動き一つできないことがありましてね、そんな時は大尉が私の指に遺した音をいろいろ想像しては、わずかに気持ちを慰さめたのです。自分の命より、なんとか大尉の言葉が遺っているこの指を日本へ運ばなければならない——命がけの引き揚げの間、考えていたのはそのことだけです。何とかこの音を内地へ伝えたい、という大尉の気持ちがあの戦場で私の命を救ったのだ、そんな気がしましてね」

それから料理が終るまで、辺境の地から無事内地へ着くまでの道程の苦労話になった。

山田は、寺田武史が生還していたことを秋生から聞いて知っていた。尤も秋生は、寺田武史が痴情事件で殺害されたという話は避け、ちょっとした事故で死んだという風にごまかして伝えたようである。山田は、戦場で寺田が右腕を失くしたことは知らなかった。

柚木もあえてそれを口にしなかった。

「墓でもあれば、お詣り（まい）させていただきたいと思うのですが」

柚木は、寺田武史の墓の所在を知らなかった。寺田武史の生母は終戦五年目に死んでいる。横浜で殺された津上芳男が寺田武史と判明した時点ではこの母親は生きており、荼毘（だび）にふされた遺骨をひきとったと瀬川から聞いたが、寺田家の墓がどこにあるかは瀬川も知らなかった。

「生きて還られたなら、大尉は自分自身の手で、この曲を日本の誰かに伝えたのかもしれませんね」

山田は呟くように言った。

それは違う――と柚木は思った。右腕を喪った寺田武史には二度と自分の指でその曲を誰かに伝えることはできなかった。

この北陸の中学校の一用務員の指に沁みている音は、依然、寺田武史の遺言なのである。秋生も同じ気持ちなのか、山田の年老いた枯根のような指を無言で眺め続けていた。

十時近くになって、秋生と山田は帰った。

柚木が、

「あなたの手紙のことを小説に書かせてもらうことになると思います」

「小説の中ででも、また大尉に再会できるのは嬉しいことです」

というと、山田は快く引き受けてくれた。

秋生は、街中の友人の家に泊ることになっていた。明日、やはり京都からこちらへ来ている局員が車で帰ると言っているので、京都まで便乗したらどうだろう、と帰りがけに提案した。越前海岸を見たいと思っていたので、柚木は頼むことにした。

二人きりになると部屋は静かだった。

風呂に入り、すぐに床を敷いてもらった。

万由子は蒲団に入ってからも、指を動かして問題の曲をさがしているようだったが、やがて静かな寝息にかわっていった。

同じ家に寝起きしながら、もう長い間、万由子の寝顔を見ていない。夜の遅い柚木が起きるのは、万由子が柚木の食事の用意をして幼稚園へ出かけたあとである。

寝顔は静止しているので、却って輪郭をくっきりと泛びあがらせる。その輪郭が、死んだ靖子の面影とあまりに似ているので、柚木は驚いた。

柚木はなかなか寝つかれなかった。長旅の疲労が、却って神経を尖らせている。

灯を消し、闇の中で、川のせせらぎを聞いていた。

水音のどこかから、先刻、山田治雄が指で奏でた無音の曲が、幻聴のように聞こえてくる気がした。

5

翌朝早く起きて、昨日の雨に濡れた兼六園を万由子と二人で回った。

宿に戻るとすぐに、秋生達が車で迎えに来た。

「申しわけありません。勝手なお願いをして」

柚木が頭を垂げると、

「いいえ、一人で京都まで車を走らせるのも退屈だと思っていましたから」

秋生の同僚は、快活に答えた。

秋生が助手席に座り、柚木と万由子は後席に乗りこんだ。秋生の同僚も柚木の小説には触れたことがあるらしい。運転をしながら、さかんに柚木に質問を向けた。秋生とはしばらく東京で一緒に仕事をした仲であった。秋生とは気のおけない喋り方をした。

二時間ほど走ると、右手の車窓に越前海岸が流れだした。写真では見たことがあるが、本物を見るのは初めてである。

岩が黒曜石のように黒光りしながら、大小形状さまざまに、曲りくねった海岸線を縁(ふち)どっている。まっすぐに伸びた水平線と、起伏で乱れた海岸線との不思議な調和の美しさが目に沁みた。

道路がカーヴする度に、岩が別の模様で迫ってくる。

万由子が目を車窓に釘づけにしながら、歓声を挙げた。

「綺麗だわ」

雨はあがったが、まだ空は薄い雲に覆われ、海の色もうす墨色で広がっている。岩に砕ける波しぶきがまっ白に海の墨色を剝がした。

それでも目を凝らすと日本海の海は墨色の薄衣の下に濃緑色を秘めている。

柚木は水平線に視線を伸ばした。時々、陽が雲を割って、幾条かの光の帯を垂らすが、それは海面まで届ききらず、空と海の境もつかぬまま水平線は霞んでいた。

それでも、柚木には、その果てしなく遠い水平線に黒々と大地の影が湧きあがってくるような気がした。

幾万という日本人が、その夢を、人生を、この海のむこうの地に捨てたのである。寺田武史もその一人だった。戦中の四年間、軍人であり、それ以上に芸術家でもあった一人の男は、言葉も命も、身につけた一つの西洋楽器の鍵に鎖して、どんな気持ちで、何を考え、その動乱の大陸を彷徨し続けたのか――。

柚木はそんなことを考えながら、うとうとと眠りについた。浅い眠りの底から、何度も何度も幻の大陸の影が湧きあがった。

若者たちの笑い声で目が覚めると、既に車の窓からは琵琶湖が見えた。

ドライヴ・インで一度休み、京都の市街に入ったのは三時頃であった。新幹線なら三時間で東京へ戻れる。

せっかく京都へ来たのだから、どこかの寺へ寄ってみたいと柚木が言うと、万由子も秋生も賛同した。

車が、清水（きよみず）を通るというので、参道前で三人は降ろしてもらうことにした。

同僚に丁重に礼を言い、車を見送ってから三人は細い急な坂を登った。秋の修学旅行のシーズンなのか、参道の両端に並ぶ土産物屋の店は、女子高生の歓声で埋っている。

坂を登りつめ、さらに石段をあがって清水の舞台に立つと、息ぎれがした。この寺は十年ぶりだが、十年前には石段を駆けのぼるほどの元気があったことを思うと、柚木はさすがに老いを感じた。それに欄干（らんかん）に立って、遙か下方に沈んだ町を眺めると、立ちくらみがした。京都の空は晴れてきた。西に傾いた陽に、町は白く光っている。

欄干に寄りかかって楽しんでいる二人を離れ、柚木は本堂の仏像に目をとめていた。

奥の石段を下りると、今度は下から舞台を見上げる恰好になる。太い茜（あかね）色の木が、巨大な空間を格子に区切っている。時を積み重ねたように聳（そび）えたつ様には、さすがに歴史の風格がある。まだ紅葉の季節には早いが、桜の青葉は、夏の頃の生々しさを喪って、色を薄めている。

帰路は、参道の中途で、上りとは別の坂を下った。古都といってもその空気が残っているのは寺そのものだけで、すぐ周辺は東京と変らない雑多な建物で埋っている。その坂にも近代的なマンションや飲食店が煩（うるさ）く立ち並んでいた。

坂を下りきったところは、市街の東端を南北に流れる細い東大路（ひがしおおじ）通りと、東西に切る広い五（ご）

条通りとが交叉している。恰度、三人が下りてきた角は、大谷本廟といって西本願寺檀徒の霊廟になっていた。柚木は京都を訪れたことは何度もあるが、この寺に気づいたのは初めてだった。

道路からすぐ、石畳が始まり、小さな門に吸いこまれている。

お参りしたい気がしたが、日没の早さが気になる季節で、初秋の陽はもう西の端に落ちかけ、夕闇が降りかけている。若い二人に付き合わせるのも悪い気がして、柚木は胸の中だけで掌を合わせた。石畳の脇に、木蓮の木がある。細い枝に淋しそうに葉がしがみついている。春になったら、この木蓮は、紫と白のどちらの花を開くのだろう——そんなことを考えていると、

「車を拾いましょう」

秋生が言った。

恰度その時である。客を乗せているらしいタクシーがゆるやかに近づいてきて、三人の前に停った。運よく、中の客は、ここで下りるようである。三人は一緒に足をタクシーに寄せた。

後席のドアがわずかに開いた。

中で人の動く気配がし、

「あっ」

女の声が小さく叫んだ。同時に、ドアの空き間から、白い屑がぱらぱらと道路に落ちた。夕靄の底に沈んだ白い、小指ほどの破片は白菊のようである。車窓の女の影は、はっとして躰をひいたようだが、そのためにまた菊の屑が道端に降った。

やっと運転手が気づいて、ドアを大きく開いた。薄い藤色の着物の裾が零れだし、その裾を流れるようにして、また白菊の花片が散った。足袋に包まれた足は、花片を踏みつけないように、宙を泳いで、舗道を踏んだ。

降りたった女は、両袖で抱きかかえるようにして菊の花束をもっていた。黄色い菊だけが花を遺し、白菊はみな道に落ちてしまったらしい。

四十五、六の、肌が道端に降った菊のように白い女である。着物を細い肩に落ちついて流しているが、顔立ちがどことなく和服と不釣合いである。華やいだ美しさがあるのだが、日本的な美人ではなかった。鈴の音が響くような凜とした目である。その目を半ば伏せて、女は困ったように降り敷いた花片を見ていた。

柚木たちも、まさか散った花を拾ってあげるわけにはいかず、困ってその場に突っ立っていた。やがて女は柚木達に気づいたらしい。逃げるように小走りで、大谷本廟に続く門へ消えた。

柚木が車に乗りこむと隅の方にも花片が落ちている。ドアがもっと大きく開くと思ったのだろう、花束から先に降りようとして、花をドアにぶつけたらしかった。

「ちょっとだけ待っていて下さい」

最後に乗りこもうとした秋生は、ふと何かを思いだしたようにそう声をかけると、女の後を追って門の方へ駆けて行ったが、すぐにまた戻ってきて、

「今の女性客、どこから乗ったの?」

座席に座るなり、運転手にそう尋ねた。

り返った。

「大都ホテルからです」

運転手は京都訛で答えた。走り出した車の窓から顔を出すようにして、もう一度その門をふり返った。

「どうかしたのか」

「いや、今の女、九州でも逢ったことあるんです」

実は柚木自身も以前どこかで見かけたような気がしたのだが、柚木の記憶にあるはずはなかった。

「九州なんかで？　どうして――」

万由子が聞いた。

「ほら、例の終戦記念日特集、あの番組のために七月に入ってまもなく、九州にある慰霊碑を撮影にいったんです」

「戦歿者のかね？」

柚木の質問に肯くと、

「あちこちの戦歿者慰霊碑を訪ねて、ほぼ九州を一周したんですが」

長崎県の天草灘を見下ろす崖に潮風にさらされた小さな墓地がある。そこにある陸軍師団の慰霊碑を撮影し終えて、ふり返ると墓地の端に女が立っていた。今の女である。薄い墨のような着物を着ていた。女はだいぶん前からそこに立ち、撮影が終るのを待っていたようである。

秋生は、謝罪の意味で頭を下げたが、女は、秋生たちから顔をそむけるようにして、この時も、抱えていた菊の花束を慰霊碑に供えると、短い間手を合せ、逃げるように、待たせてあったタクシーに乗って去ったという。

「しかし一度だけ逢った女性をよく憶えていたものだね——美人ではあったが」

「いや、その後、鹿児島でもちらりと見かけたんです」

特攻隊員を送り出した、知覧飛行場の跡を撮影した帰り道であった。田舎道に日傘ごと蹲っている着物姿の女を見かけた。

梅雨が明け、夏らしい光が道を真っ白に焼く昼下がりだった。暑さに気分でも悪くなったのだろうか、と心配したが、そうではなかった。女の蹲った影は、農家の木塀に寄り添っていた。低い木塀の上から、樹の枝が半分ほど道にせり出している。葉が茂ったところどころに赤い花が咲いていた。その花の三つ四つが道に炎を固めたように落ちている。女はその花を拾っていたのだった。

綺麗な花だから拾ってもち帰ろうとしているのかと思うと、女は立ちあがり、道の端に流れている小川に近寄ると、水面に投げつけるようにして棄てた。

女はその場に突っ立って、川に浮んで流れ去る花を見送っていた。通りすぎる時に、秋生は日傘の陰に女の横顔を見た。

女は、秋生の姿などわずかも目に入らぬようすだった。目は、ただ、流れ去る花を追い続けている。気のせいか、唇が息遣いに慄えているように見えた。

「ほう——それはおかしな話だね。花なら道に落ちていてもわざわざ拾って川に捨てる人はないだろう。なにかその花に思い出したくないことでもあったんだろうか——何の花かね」

「さあ、僕は花のことは知らないから……しかし、あの女性、全国の戦歿者慰霊碑を回り歩いているのかもしれませんね。さっきもそれらしい碑に参ってました」

後を追いかけた秋生は、女が慰霊碑らしい黒い石の碑に菊の花を手向けているのを見たのだった。秋生の言葉を受けて、

「あのお客さん、途中で護国寺にも寄りましたよ。護国寺にも太平洋戦争で死んだ戦歿者の碑があるんです」

運転手が言った。九州でも京都でもとなると、女は余程、広範囲にしばしば慰霊碑を訪れているらしい。

「誰か大事な人を戦争で亡くしたんでしょうか」

「たぶんそうだろう。遺骨も還らず、死んだときどの部隊にいたかもわからず、慰霊碑に刻まれた戦歿者の名を一つ一つ探しているのかもしれないね」

「そう言えば——」

万由子が、思い出したように口を挟んだ。

「あの女（ひと）、おかしな匂いがしたわ」

「匂い？　菊の花か線香の匂いじゃないか」

「違うわ、香水よ——あれはソワール・ド・シャンハイだと思うけど」

「それがなぜ、おかしいんだね」

「ソワール・ド・シャンハイというのは、上海の宵という意味よ。牡丹か芍薬の花でも思い出させる濃密な匂いだから、あの女の物静かな着物姿とはまるで似合わない気がしたわ」

柚木は全く気づかなかった。匂いの不自然さに気づくのは、万由子の女としての嗅覚だろう。とは言え、柚木自身も先刻の女に、どこかちぐはぐなものを感じとっていた。それは目のようである。瞳の黒さに輝くような光があり、その光が、着物の静かさにそぐわない気がしたのだ。

尤も、柚木たちは、その女のことを強く印象に焼きつけたわけではなかった。

話題は、すぐに他にうつり、車窓の夜が暗くなって、ふたたび疲れから、うとうとし始めた頃には、柚木はもうその女のことは忘れていた。

6

柚木は、その年の末に、「無音の独奏」第一章を、雑誌に発表した。

第一章は、主に山田治雄の証言をもとに書いた。

資料的に何も残存していない寺田武史の生涯を詳しく調べあげるには一年以上の歳月がかかる。雑誌社に一年待ってくれとも言い辛くて困っていると、雑誌社側から、

「それなら一ヵ月の間に先生が調べたことを、その都度まとめて発表されたらどうです。他の

作家でも調べていく過程をそのまま小説にした先例もありますし」

という提案が出た。雑誌社側としては是非連載にしたいという願望から出した苦肉の策だろうが、柚木には、なかなか面白い試みに思えた。作家自身も主人公の謎を追っていくという新スタイルから、自分の今までになかったものが書けそうな気がした。

終戦の年から、一発の銃声に倒れるまでの三年間を、まず三回に分けて書くことにした。その後で時代を逆行し、戦前の人生を追うつもりだった。

金沢から戻って二ヵ月の間に、柚木はできるだけ多くの、寺田武史を知っている人達に逢って証言を得た。その中でも一番印象に残ったのは、寺田武史殺害事件を担当した荒木茂三という刑事である。当時まだ二十代後半だったという荒木刑事も、今は孫のいる年齢であった。現在も横浜に住んでいた。柚木はその家を自分の足で訪れたのだった。

妻君は無愛想だった。荒木がお茶ぐらい出せ、というまで動こうとせず、何の挨拶も返さずお茶だけを置いて、腰の太い背で襖を閉めた。荒木は、何か文句を言おうとしたようだが、喉もとで言葉を呑みこんだ。

壁に掛った表彰状が、額に埃をためて、傾いている。あまり幸福な生活ではないらしかった。若い頃は好男子だったろう顔だちも、皮膚のたるみや、脂色（やにいろ）の歯に呑みこまれ、年齢だけを感じさせる。刑事らしい険しい目をしていたが、柚木にむける言葉は穏やかだった。

刑事の仕事にまだ馴れない頃の事件だから記憶ははっきりしていた。当時のメモやノートを見せ、細かい点までいろいろ教えてくれた。

柚木が、当時の事件現場へ行く方法を尋ねると、「案内しますよ」と言って同行してくれた。尤も東京と同じで、横浜にももう終戦後の面影はなかった。寺田武史が殺された安宿は立派な中華料理店に変わり、住んでいた集落にも道路が通り、日本人娼婦が焼死した辺りも工場になっている。荒木自身がもう正確に思い出せないほどの変貌であった。二十数年前、三人の男女を死に導いた痴情事件は、もう実感としては伝わってこない。

工場の廃液に汚れた川を眺めながら、

「当時、一緒に捜査にあたった橋場さんも五年前に癌（がん）で死にましてね」

荒木は、ぽつんと言った。

荒木の話で興味深かったのは、死体のポケットから出てきたという、「海潮音」の中の一つの詩である。

「落葉」の三節目は「げにわれはうらぶれてこゝかしこさだめなくとび散らふおちばかな」という。定めなくとび散らう落葉は、戦後の寺田武史、そのものの姿である。その詩には、戦後の彼の人生の韻があった。その詩を自分で書き、読みながら、堕落した自分を誰より侮蔑し、嘲笑（あざわら）っていたのは寺田自身だったろう。

「無音の独奏」第二章には、事件の経過とその詩のことを書いた。これを発表したのは、年が改まった一月の末である。まだ二回目の連載が終わったばかりだったが、読者からの反響もかなりあり、そのほとんどが好意的なものであった。

雑誌に連載されると、日に五、六通の手紙が届いた。

そして、その手紙は、そんな読者からの手紙に紛れこんで、柚木の手に届いたのだった。

——先生は、なぜ寺田武史のことに、こうも執着なさるのですか。寺田武史の生涯をこれ以上追い続けても無駄です。死んだ寺田武史にも生き遺った周りの人々にも辛いことです。これ以上の続行は、おやめ下さい。

差出人の住所も名前もない手紙である。白い和紙の封筒にも便箋にも華やいだ花の絵が刷りこまれ、文字のか細さからみて女だとは判るが、それ以外のことは何もわからない。ただ文面から見て、寺田武史のことをよく知っている人物のようである。却って興味を覚え、所在をつきとめて会ってみたい気がしたのだが、小石川(こいしかわ)局の消印だけではどうしようもなかった。

二月末に発表した第三章には、寺田武史の遺品から出てきた楽譜のことを書いた。尤も変に読者の興味をそそりたくなかったので、ＳＯＳの曲のモールス信号から出てきた謎の俳句については触れず〝九つの花〟のことだけを書いた。

山田治雄の指に遺された曲が何であるかはまだわからなかった。瀬川が自分自身でも調べ、たくさんの知己に調べさせてくれたのだが、かなりの曲をあたってもそれと完全に一致する旋律は見つからなかった。寺田が普通とは違う指遣いでその旋律を憶えこんでいたなら、探し出すのは不可能だし、無名の曲か寺田自身が創作した曲という可能性が濃くなってきた。

この三章を発表すると、すぐにまた花の手紙が来た。消印も同じ小石川局である。

――これ以上、寺田武史の生涯を追わないよう、ご忠告申しあげました。それなのに、先生はなぜ書き続けられるのです。理由は言えません。しかし、先生がこれ以上寺田武史について書かれると、人一人が命を喪うことになります。もう一度忠告します。「無音の独奏」はすぐにも中断なさって下さい。

柚木はますます興味をもった。自分が小説を続行することで本当に人一人が死ぬことになるなら、真剣に考えてみなければならないことである。しかし、理由も述べず、ただ中断しなさいの一点張りでは、はいそうですかと簡単に引き退るわけにはいかない。「虚飾の鳥」での成功を嫉む誰かの悪戯という可能性もある。

三月初めに、秋生が訪れたとき、柚木は二通の手紙を見せた。

「両方とも消印が小石川局だから、その近くに住んでいる女性だということは充分考えられますね」

秋生はそう言うと、便箋を読んだ。

「ちょっとおかしな気がするんですが――」

「なんだね」

「最初の手紙に――なぜ先生は寺田のことにこうも執着なさっているのか――と書かれていま

すね。先生がもう連載を長い間続けているような感じに思えますが、実際には、この手紙が届いたときは、まだ二回分を発表しただけだったのでしょう」

「そう、原稿用紙では百枚ぐらいだ。しかし私はそれなりに熱をこめて書いているので、その熱意に私の寺田への執着の強さを感じとったのかもしれない」

秋生はうなずくと、当然のように封筒の花の絵に目をとめた。梔子に似た形の花が薄い金色の五弁に開き、その花芯からおしべだろう、小さな珠をつけた金糸が無数に烟のように湧きあがっている。

「珍しい花ですね。なんの花です」

「未央柳というのよ」

万由子が、口を挟んだ。

「私もお父さんに聞かれてわからなかったから、調べてみたんだけど」

「花の絵の封筒は多いけれど、椿とか百合とか僕でも知っているのが多いでしょう。この花は珍しいから、この封筒を扱ってる店を調べれば何かわかるかもしれませんね」

それから秋生は、二通目の封筒に目を移して、おや、と眉をひそめた。ペン書きで宛名は書かれているが、二通目の住所には一ヵ所訂正があった。字をまちがえたらしい、黒く塗り潰し、その横に正しい字を添えている。

秋生が眉をひそめたのはその訂正箇所である。

「こんな綺麗な封筒を使い、こんな丁寧な字を書く女性なら、なぜ訂正したままで投函したんだろう。新しい封筒に書き直せばいいのに」

「でもその封筒、きっと高価なものよ」

「しかしそれほどに凝る人なら、やっぱり新しく書き直すと思うよ。高価といってもたかが封筒一枚のことだし……」

「なるほど――何か封筒に傷があるまま出さなければならなかった理由がありそうだね」

「一つ考えられるのは、これが差出人の手許にあった最後の封筒で、いつもの店に買いにいったけれど、運悪く売りきれかなんかですぐには手に入らなかった場合ですが」

「でもそれなら、新しい別の封筒を買えばいいじゃない」

「いや、この封筒がよほど気に入っているのかもしれないし――それに差出人は自分の住所も名も書いていないんです。先生に、前に手紙を出した者と同一人物だとわからせるためには、同じ封筒を使う他ないでしょう？　小石川近辺の文房具屋をあたってみればわかるかもしれません。こんな封筒を扱っているのは普通の文房具店ではないでしょうから」

「私、明日お休みだから小石川にいって探してみるわ」

万由子は言った。

柚木は頼むことにした。やはり人一人の命に関わるという言葉は気がかりである。なんとか居所をつきとめて、会いたいと思うのだ。

「しかし悪いね。家へ来てくれてもいつも私の仕事の話になってしまう」

柚木が言うと、秋生は少し照れたように目のふちを赤くして、

「大丈夫ですよ。僕にも興味があるんです。それに万由子さんには外でも会ってるし」

だが、その点でも柚木は心配していることがある。万由子は外で秋生と会っているとき、必ず途中で一度、家に電話を入れてくるのだ。秋生とどこで会っているか、何を食べているか、そんなつまらぬことを報告してくる。

——電話をかけてくるのはやめなさい。秋生君だって、デートの最中にまで父親が介入するようで面白くないだろう。

一度そう注意したことがあるが、万由子は、

——大丈夫よ。秋生さんだってお父さんのことをよく聞くのよ。私よりお父さんの方が気に入っているみたいだわ。

そう答えた。事実、秋生は頻繁に家を訪ねてくるから、これはただ柚木の機嫌をとるだけの言葉ではなかった。

尤も秋生が訪ねてくるのは、寺田武史が殺された事件に興味を抱いているからのようである。テレビ局の報道班という仕事がらかとも思ったが、それだけとも思えない。

翌日、昼少し前に小石川へ出かけた万由子は、三時頃に電話をかけてきた。

「今、銀座なの」

「どうして銀座なんかに」

「小石川から始めて池袋あたりまで十何軒かそれらしい店をあたってみたの。最後の和紙専門の店で店員さんが、これなら銀座の維新堂で見たことがあるっていうの。それで維新堂へいっ

たのよ」

「それで——」

「あったわ。尤も秋生さんが言ったとおり、半月前からはもう置いてないんですって。製造元で中止したらしいの」

「しかし維新堂なら客が多いから、誰が買っていったか覚えていないだろう」

「いいえ、数日前っていうから、あの二通目の手紙が届く頃よ。女の人が来て私と同じことを聞いていったって——つくるのをやめたと言ったら、とても困った容子だったたって」

「どんな女性？」

「それが、憶えていたのは女の店員さんなんだけれど、その店員もおかしいと思ったたって」

「何が？」

「その人が着物を着てるのにソワール・ド・シャンハイの香水をつけているのが——店には売ってる香木の匂いがたちこめているけれど、それでもはっきりわかるほど強い匂いだったたって——お父さん覚えてる？　去年の十月、京都へ寄ったときに……」

柚木の記憶に、ぱらぱらと菊の花片が散った。大谷本廟の前で出遭った女である。四ヵ月以上前の古都の記憶は、もう幻想がかっている。

夕靄のたちこめた中に、ほのかに着物の艶を滲ませていた一人の女、光を撥くように鈴の音を響かせていたその日、足もとに散った菊の白い花片——

柚木の頭の中で、秋生から聞いた女の話が重なった。九州南端の田舎道で、夏の陽ざしに焼かれるようにして立った女が、川面に赤い花を投げ棄てる——漣（さざなみ）に赤い炎を泛べながら遠ざかる花を、見送り続ける女の目。

万由子は、夕方に戻った。

銀座のデパートで買ってきたという惣菜の包みを開こうともせず、

「京都で逢った人と同じ人じゃないかしら。店員さんに聞いた年恰好や顔の印象も似ているけれど」

万由子は言った。

柚木もそんな気がした。

万由子は封筒の花を眺めながら、

「ねえ、あの女の人——なにか中国に関係があるのかしら」

「——？」

「だって香水でしょう——それにこの未央柳ってもともとは中国の花だわ」

「日本の花は、だいたい中国から伝わってきたものだろう？」

しかし、そうはいっても柚木もまた、錦糸を烟らせているその華やいだ花の姿や、〝柳〟という名に中国の匂いを感じないわけにはいかなかった。中国服の光沢や、刺繡の美麗さがその花にある。

手紙の主は、寺田武史のことをよく知っている、と想像される。

寺田武史の身近にいた女——中国。

柚木の頭に一人の中国女の顔が泛んだ。柚木はその女の顔を見たことはない。だが荒木刑事から聞いた話で想像した一つの顔がある。抜けるように色の白い肌、黒い瞳の奥深くから澄んだ光を放つ目——そう、鈴の音が響いてくるような目。

だが、柚木は慌てて首を振った。そんなはずはない、その女はもう死んでいるのだ。だがいくら否定しても、その異国の女の顔は、柚木の頭に泛びあがってくる。

柚木はそんな漠然とした想像の中で、近々もう一度、自分は上海の宵の匂う女に逢うことになるかもしれない、と思った。秋生が三度、柚木も一度、全くの偶然からその女に出遭っているのである。柚木は運命的なものを感じたのだった。

この柚木の予想は的（あた）った。

それも意外に早かった。それから半月後、三月も下旬を迎える頃、柚木は再び、その女に出遭うことになったのである。

三章——ある戦中

1

電話が鳴ったのは、朝の八時だった。

前夜、原稿で夜ふかしした柚木は、睡(ねむ)りの断ちきれないどんよりした意識で階下に下り、受話器をとった。

「柚木先生ですね」

瀬川の声であった。瀬川は少し興奮した声であった。

「今朝の新聞をご覧になりましたか」

「いや——まだ」

「社会面をすぐご覧になって下さい。どの新聞にも出ています。——三十分後にもう一度電話します」

瀬川は、柚木の返事も待たずに、電話を切った。紳士的な瀬川には珍らしいことだった。

柚木は台所に入った。万由子はもう幼稚園に出かけたようである。テーブルには、いつものように朝食の支度と、朝刊が載っている。

柚木は、社会面を開いた。

——私の父は日本人です。

トップの大きな見出しが目にとびこんできた。

——来日した新進女流ピアニスト愛鈴(エーリン)語る。終戦の年に生き別れたまま。

小見出しはそうなっている。写真が大きく載っている。細面の東洋人らしい顔だちである。細い眉の下に黒い瞳が光っている。知的でもあり、情熱的でもある目だった。顔だちは幼なく思えるが、二十九だと記事にある。

柚木は聞いたことがないが、世界的にその名を響かせた女流ピアニストだという。

その愛鈴が、昨夜来日し、空港での記者会見で、突然この重大な話をしたというのだ。

愛鈴はもともと中国で生まれ育った。終戦の年は四歳で、吉林(チーリン)のある富裕な慈善家の婦人の家の前に棄てられ、その婦人に拾われて育てられたのだった。愛鈴は子供の頃からピアノを憶え、十四でスイスに留学、高名なピアニストの下で指導を受けた。中国で文化大革命があった年、愛鈴は、演奏旅行で滞在していた英国で、突如、亡命している。革命後の中国では自分の自由な演奏活動ができないと考えた愛鈴は、祖国を捨て、音楽の道を選んだのである。いろいろなコンクールで優勝し、今世界的に最も注目されているピアニストだという。

亡命後はスイスで暮しているが、自分の過去の経歴については固く口を鎖(とざ)していた。捨てた祖国を思い出したくないからだと推測されていたが、しかしそのかたくなな無言の裏にはそんな秘密が隠されていたのだった。

終戦の年四歳だった愛鈴には、父と母の記憶はほとんどない。しかし母が中国人であること、父が日本の人であったことはほぼ間違いないと子供の頃から思っていた。もちろん二人の名も知らない。ただおぼろげな記憶では、父は音楽を好み、ピアノを弾ける人だったようである。

——父が中国で死んだのか、それとも日本へ戻ったのか、中国人である母がどうなったか、わかりません。でも父がこの国へ戻り、まだ生きているなら、一目でいいから逢いたい。

新聞は、そんな愛鈴の言葉を載せていた。

柚木は、瀬川が何を考えて電話を寄越したかわかる気がした。睡気もふっとんだ。三十分後にまたかけてくると言ったが、柚木はその三十分が待てず、自分から瀬川に電話をいれた。

「先刻は失礼しました。私も新聞を読んで驚いたものですから」

瀬川は落ち着いた声に戻っていた。

「愛鈴の父親が寺田君だという可能性はあります。いや、かなり大きいものでしょう。私は愛鈴と交際があります。同じスイスに住んでいるものですから。演奏を聞いたことも何度もあります。初めて聞いたとき、誰かの音色に似ていると思いました。よく考えて、ドイツでずっと昔に聞いた寺田君の音色だと思い出したのですが、しかし愛鈴は両親とも中国人だと思っていたので、同じ東洋人だから音色が似ているのだろうとぐらいにしか考えませんでした。しかしそうとわかると、まちがいないように思えます。愛鈴の指には、寺田君の血が流れているのです」

「スイスで交際なさっていたときには、今度の話は出なかったのでしょうか」

「ええ。でも愛鈴は、私の顔を見る度に、日本へ行きたい、と言っていました。それが、このことだったのでしょう。――今夜は時間は空いておられますか。実は今夜、愛鈴が東京で初めてのコンサートを開くのです。お嬢さんと二人でいらっしゃいませんか。切符を手配しておきますが……」

柚木は、締切りが近づいていたが、行くことにした。もしかしたら愛鈴のことは「無音の独奏」の大事な一章になるかもしれないのだ。

瀬川は、愛鈴は自分が日本へ戻っていることを知らないから、自分の方から愛鈴に連絡をとり、できれば演奏会の後に逢う準備をしておくと言って電話を切った。

夕方五時に、柚木は万由子と二人、演奏会場へ向かった。

コロセウムを扇形に切りとったような演奏会場は開演が近づくと、人で埋った。

瀬川は、席につくと、

「愛鈴と連絡がとれました。演奏会が終ったら赤坂のホテルで逢うことになっています」

「寺田武史のことを話しましたか」

「いいえ。ただ、おそらくその際にお父さんのことを話せるだろうとは言っておきました――もしかしたら、君には辛い話になるかもしれないと言ったら、ちょっと黙って、それならひとりで行くと言いました。今度の来日には、フランス人の婚約者が同行しています」

瀬川は、柚木の耳に顔を寄せ、小声で言った。

斜め後ろの席で若い男女が、今朝の新聞記事のことを話題にしている。

開演のチャイムがなると、ざわめきが波のようにひいた。

ステージには、ピアノがライトを浴びて置かれている。場内が静かになると、ピアノは黒い艶をまし、正装したように見えた。

拍手に迎えられ、想像したよりずっと小柄な痩身の娘が現われた。灰色の絹のドレスに、黒い髪を長く垂らしている。

愛鈴は、少し目を伏せたまま、お辞儀をすると、ピアノの前に座り、しばらく瞑想するように目を閉じていたが、やがて深呼吸して目を開いた。瞳がきらりと煌(ひか)ったと思うと、手が突然舞い狂い、烈(はげ)しい音が溢れるように流れだした。

プログラムは前半がベートーヴェンの「熱情」——二十分の休憩をおいて後半がショパンからスケルツォの四番、バラードの一番、ノクターンの二曲であった。

アンコールには、ブラームスの間奏曲の一つを弾いた。後で、クララ・シューマンがこの小曲を〝灰色の真珠〟と呼んだことを万由子が教えてくれたが、実際、少し翳(かげ)った真珠の玉をか細い糸でつないでいくようなこのアンコール曲が、柚木の年齢にはいちばん沁みた。

音楽に造詣のない柚木は、全般を通してただ愛鈴の指が舞う度に光のように音がとび散るのに圧倒されていたのだが、それでも瀬川の言った、琴のような東洋的な音色は聞きとれた気がした。そしてまたいかにも劇的な運命を背負った娘らしく、時々烈しい悲しみのようなものが情感いっぱいに流れだす。日本人と中国人の血をその小柄な躰に半分ずつ流し、中国を祖国として成人し、その祖国を自分の指のために棄てたという、まだ三十前の娘には重すぎる波乱の半生が、音楽そのものに表われている。

満場の喝采と花束に埋もれて、愛鈴は何度も何度も丁寧にお辞儀をした。顔の表情はむしろ静かすぎるほどなのだが、目には涙が光っているようであった。思えば生まれて初めて父の祖国の土を踏み、自分のもう一つの祖国で演奏会を開いたのである。彼女にとっては過去のどんなステージも敵わぬ輝かしい舞台なのだ。

　そしてそれはまた、寺田武史の凱旋の場でもあった。

　愛鈴はまだ知らないのだが、父親が本当に寺田武史ならば、満州の土に死んだ寺田の右腕は今日、この夜の愛鈴の指に蘇ったのである。死者として祖国の土を踏むしかなかった一人の男は、二十数年経ち、今やっと愛鈴の指と共に凱旋してきたのだった。今夜、愛鈴が受けた喝采は、その指に流れる一人の男の血への喝采でもあった。

「指というより、血で弾いている気がしたわ」

　愛鈴に逢いにいった瀬川をロビーで待ちながら、万由子は紅潮した面持ちで言った。

　柚木が肯(うなず)きかけたとき、万由子は、はっと目を瞠(みは)り、柚木の袖をひいた。

　柚木が万由子の視線を追ってふり返ると、出口にむかう客の流れのむこうに、和服姿の女が立っている。女は手にした花を受付嬢に渡している。遠目で何の花かはわからないが、受付嬢にそれを愛鈴に贈ってくれと頼んでいるようである。

　京都の大谷本廟の前で出逢った女だった。

「万由子、悪いがあの女性の後を尾(つ)けてくれないか。私は本や新聞の顔写真で顔を知られているかもしれないから」

こういう時に秋生がいてくれたら、と思いながら、柚木は口早に言った。

万由子はすぐに肯いて、

「後でホテルのカクテル・ラウンジへ行くわ」

走り出すと、女が消えた人の流れに、自分も紛れこんだ。

入れ替るように瀬川が来た。柚木は、娘が、ちょっと用ができたので後でホテルで落ち合うことにしたと告げた。

演奏後、愛鈴のもとには、今朝の記事のことで報道関係者が殺到した、という。瀬川の忠告で、愛鈴は、帰国前にもう一度記者会見をするからそれまで待って欲しいという言い訳で関係者を帰したのだった。

「その記者会見でも、父親の行方は結局わからなかったと言わせるつもりです」

赤坂のホテルへ車で向かう途中、瀬川は言った。

「愛鈴の将来を考えると、やはり寺田武史の死に方については公にしない方がいいと思いますから。先生にも、せっかくこんな小説的な材料があるのに、それには触れず『無音の独奏』を続けてもらわなければなりません」

柚木は諒解した。作家としてはもちろん書きたい。だが、その前に一人の人間として、既に数々の運命の辛酸をなめている年若い娘にこれ以上辛い立場を与えたくなかった。

「しかし大丈夫でしょうか。彼女に本当の話をしても——」

「大丈夫です。愛鈴は芯のしっかりした娘ですから。それに私が電話で匂わせた言葉で覚悟はできているようです。どんな辛い話でも何一つ隠さずに話してほしいと言っています」

赤坂のホテルは、去年の九月、「虚飾の島」の制作発表がおこなわれたのと同じホテルだった。映画の撮影はその後、着々と進行し、完成も間近いという。柚木は二度、撮影現場に足を運んだが、俳優もスタッフもいい映画ができそうだと意気ごんでいた。とりわけ主人公夫婦を演じる男女優の熱演が素晴らしく、柚木は目の前で、歴史が再現されているような感動を味わった。

瀬川も、問題の交響詩を完成し、あとはラッシュを見て音楽を入れる箇所を監督と決めるだけだと言う。

ホテル最上階の、東京の夜景が見下ろせるカクテル・ラウンジで、二人がそんな話をしていると、愛鈴が姿を見せた。

ステージと違い、中国服の生地なのか黒い艶のある生地に銀や紫の花の刺繍がある、膝までのドレスを着て、薄桃色のショールを肩に流している。手にそれと同じ色の花の小枝を束にしたものを持っている。桜のようである。まだ季節には早い。花は薄桃色の蕾(つぼみ)である。

「さっき誰かわからない人から届いたの。日本の花ね」

そう言うと、花に呼びかけるように日本語で、

「サ、ク、ラ」

と呟いた。

柚木は、あの女が受付で渡していた花に違いないと思った。

愛鈴は一人であった。

「ロベールが一緒に来ると言い張るので困ったわ。どんな話を聞いても自分の愛情は変らないと言ってくれたのですが、私は自分一人の胸の中で夢見続けてきた父のことはやはり自分一人で聞きたかったのです」

ロベールというのが婚約者らしかった。

愛鈴は、東洋人らしい硬い響きの残った英語で喋った。柚木は外国語には弱い。ところどころの単語が何とか聞きとれる程度である。

瀬川が愛鈴の言葉を日本語に訳し、柚木の言葉を英語で愛鈴に伝えてくれた。

瀬川は、柚木のことを、作家で、現在あなたのお父さんかも知れない男の話を書いている、と紹介した。

愛鈴は、それが本になったら是非、スイスへ送ってほしい、日本人の友人がたくさんいるから訳して貰えるし、ロベールは出版の仕事もしているので、フランスで本が出せるかもしれない、と言うと柚木に微笑を投げかけた。舞台で見るより頰がふっくらとしており、光の薄い膜で覆われているように肌が白い。

柚木は未央柳の花を思い泛べた。

瀬川が、まず、記憶にある両親のことを話してほしいと言うと、愛鈴は、微笑を翳らせて、しばらく目を伏せていたが、

「あまり多くのことは、お話しできないのです。憶えているのは、納屋のような場所です……雨の音がしています。藁のような湿った汚れた匂いがします……うすい闇……隅に机のようなものがあって、蠟燭のような小さな炎が一人の男の人の影を泛びあがらせています、憶えているのは壁みたいなものにしみこんでいる影だけです、影から考えて、男の人は机にむかって何かを必死に書いている気がします……私は藁の上かどこかに座って泣いています、目の前に女の人の顔があり、その顔が泣いているからです、炎を背にしているのでどんな顔かわかりません、でもこれは印象なのですが、女の人の顔は土で汚れている気がします……目に涙をいっぱい泛べて中国語でしきりに何かを喋りかけていることだけを憶えています……女の人はまた、私の手に自分の手を重ねて、手話でもするように私の指に自分の指の動きを必死に教えこもうとしているようにも思えるのですが……それはもしかしたら、次に憶えている列車の中でのことと記憶が重なってしまったからかもしれません」

　愛鈴の言葉をその都度、日本語に直していた瀬川が、ここで柚木の目を覗きこむように見た。

「列車は、貨物列車みたいで、床にたくさんの人――本当にたくさんの人が、死を前にしたように暗い顔で座っています、事実誰か死んだ人がいたようです、川を渡るときに、その死骸を投げ棄てたのを憶えていますから……列車の中では、女の人がどこにいたかは憶えていません、私は男の人に抱きかかえられるようにして隅の方にいます、この時も私は男の人の顔を見ていません、兵隊服のような色、汚れたゲートル、それから土や油臭い匂い……私は、私の手に重なっている男の人の手を見ているのです、男の人は、自分の指で私の指を押えています……いろんな指……後になって私はその人がピアノの曲を私に教えていたのかもしれないと思うようになったのですが……大きな手……長い指……でも片手だけだったような気がします……それからまた冷たい雨……私は大きな家の門のところに、何かを抱えてびしょ濡れで立っています、庭に池があって、柳の葉が半分ほど池の中に沈んで、水面に雨粒が小さな輪をいっぱいつくっていたのを憶えています……やがて太った女の人が近づいてきて私に優しく微笑みかけます……それが私を育ててくれ、私が十四歳のときに亡くなった崔紅春という女性です。彼女は私に全てを与えてくれました。とりわけピアノを……私は中国を棄てたことを悔んではおりませんが、その女性との思い出を——彼女の墓を棄てなければならないことでは随分苦しみました」

話し終えた愛鈴は、これでいいのかと心配するように瀬川と柚木の顔を見た。

「愛鈴——あなたは、列車の中でお父さんらしい男が教えた指遣いを憶えていますか」

愛鈴は、淋しそうに首をふった。

「私は、まだ四歳でした」

瀬川は、柚木をふり返ると、

「山田治雄という人の指遣いを訊ねてみましょうか。愛鈴ならわかるかもしれない」

「ええ」肯きかけて、柚木は、

「いや、それは待ってくれませんか。山田治雄は、自分の指でいつか寺田武史の遺言を伝える日を夢に、戦後を生き続けてきたのです、できれば山田治雄自身の指で、この女性に伝えさせてやりたいのです。明日にでも連絡をとりますから——愛鈴さんは、寺田が言ったという日本の誰か、ではありませんが、今いちばんふさわしいのは愛鈴さんだと思います」

瀬川はうなずくと、それには触れず、

「愛鈴、なぜあなたには、父親がピアノを弾く人だとわかったのですか」

「私は棄てられたとき、何枚かのピアノの楽譜をもっていたのです、その男の人が自分で書いたらしい……納屋で男の人の影がしきりに何かを書いているのは、その楽譜だと思います。ベートーヴェンやショパン……それから、列車の中での指、それに私は子供の頃から崔紅春の家にあったピアノにとても興味を示したそうです」

「楽譜の中に、お父さん自身の作曲のようなものは?」

愛鈴は、首をふった。

「愛鈴——もう一つ、あなたにはなぜお父さんが日本人でお母さんが中国人だとわかっているのですか」

「誰に聞いたというのではなく子供の頃からそうわかっていたのです、憶えていないのですが、おそらく父と母から直接そう聞いたことがあるのだと思います。幼ない頃の記憶というのはそういうものでしょう? それに母が中国語を話していたのはぼんやり憶えていますし……もっていた楽譜には、題名が日本語で書きこまれていました。ベートーヴェンの〝熱情〟〝不在〟、ショパンの〝革命〟〝軍隊〟それから〝葬送〟——」

それらの曲に山田治雄の指遣いがあったか思い返しているのか、それとも寺田武史の話を切

り出すのを躊躇しているのか、瀬川はしばらく黙りこんでいたが、やがて、

「愛鈴——あなたにはどんな話でも聞く勇気があるね」

愛鈴は、目をしっかりと瀬川の目にあてて、大きく肯いた。

瀬川は、ゆっくりと語りだした。英語なので柚木にはどう話しているのかわからない。ただ時々、「テラダ」と、「リンラン」の名が英語のアクセントで出てきた。

十分ほど経って瀬川が話し終えたように黙りこむと、静かに聞いていた愛鈴が、不意に、早口で何か言った。烈しい口調で何かを瀬川に訴えている。

後で瀬川から聞いたところ、瀬川は、寺田が何者かに殺され、玲蘭がそのために自殺したという形で話を終えようと思ったらしいのだが、愛鈴は瀬川の顔色で感じとったのか、

「瀬川さんはまだ本当のことを隠している。教えて欲しい。私は真実を知りたい。人は真実に苦しむことはない。一時的には辛くても、真実にはそれを耐えさせる力がある。人は嘘や想像の中で苦しむのだ。私には真実を聞く勇気がある」

そうつめよったという。

再び、瀬川は話し始めた。愛鈴はいつの間にか、動悸を隠すように花束を胸にあてている。顔は静かで、ふっくらした頬には淡い微笑さえ泛べているように見えるのだが、花の蕾がかすかに震えている。指が震えているのか動悸で胸が漣(さざなみ)だっているのかわからなかった。

瀬川は、全てを——玲蘭が寺田と日本女性を殺害し、自殺したことまでを話したのだが、愛鈴は唇にほのかに泛べた微笑を最後まで守り通した。ただ瞳が黒すぎるために、その微笑は少

し翳ってみえた。

「しかし今話した、タケシ・テラダが絶対にあなたのお父さんだという証拠はないのです」

瀬川が慰めるように言うと、愛鈴は垂らした髪をふった。

「いいえ――記憶の中の父もやはり片手のようですし……それに三年前、私は病気で指が動かなくなったことがあります。そのとき死を考えました。ピアノを弾けなくなれば、私にも破滅しかありません。私の指はロベールの愛で蘇ったのですが……私には腕を失くして人生を破壊したそのテラダの気持ちがよくわかります……たぶんこの躰の中に流れる血がわからせてくれるのでしょう」

「両親があなたを中国に棄てたのは、あなたの命を守りたかったからです。あなたにだけは生きていて欲しかったのです。あの頃日本へ戻る道中は、死の危険に曝(さら)されていました」

「それはわかっています、崔紅春はピアノの上手なことで有名でした。父もそれを知っていて、だから崔紅春の家の前に私を棄てたのではないかと思います。自分の弾けなくなった曲を私の小さな指に弾かせたかったのかもしれません」

三人の間に沈黙が落ちた。

愛鈴がやがてぽつんと、

「そう――死んでいたのですね、やはり」

やっと先刻の瀬川の話が耳に届いたというように言った。母が父を殺した事件などはどうでもいい、生きているか死んでいるかだけが自分には問題だったのだと言っているようだった。

愛鈴は横顔だった。東京の夜景を見下ろしていた。

広漠たる夜の底に、東京は、無数の小さな灯を点している。

柚木は戦後の焼野原を思い出した。あれから二十余年、滅びたはずの一つの都は、奇跡のように蘇った。今この町は再び人の命に溢れている。だがどんなに活気づこうと、人々が命を謳歌しようと、また文明が新しい時代を装おうと、柚木が二十年前に見た廃墟は柚木の中で消えずにある。夜の闇に包まれて、東京の灯は、あの頃、焦土にしがみついて死んでいった無数の人々の魂のように見える。

愛鈴も、同じ気持ちなのか、その無数の灯に自分の父であり母であった二人の命の残り火を探すように、ただ黙って、果てしない夜景を眺め続けていた。

2

瀬川が、愛鈴を送って帰った後、柚木は万由子を待って一人その場に残った。

万由子は十一時少し前に姿を見せた。

「住所つきとめたわ。タクシーで尾行したの。運転手に女性記者だって嘘言って」

「なかなかやるね。秋生君の教育かな」

報道班にいる秋生が、取材の際のあの手この手を面白く話してくれたことがある。

万由子は、おどけた顔で肩をすくめた。

「大塚の繁華街の裏手に住んでるわ。賃貸しのちょっと古びた一軒家よ。小さな庭があって、清月流の看板がかかっていたわ」

「じゃあ、華の師匠か——清月流といえば、たしか光華流から枝わかれした……」

万由子はうなずくと、

「角の煙草屋さんがまだ開いていたので、話を聞いてきたわ」

「今度はどんな嘘を言った——」

「うちの父とあの女性とに再婚の話がもちあがっているんですけどって……ほら、秋生さんが汚職政治家の娘の婚約者だって偽って取材した話、思い出したから」

柚木は苦笑いした。

「でも、そんなことを言ったから、煙草屋のおばさんに却ってあれこれ聞かれて困ったわ。近所でも、三年前に引っ越してきたことぐらいしかわかっていないのね」

三年前、住みつくとすぐに女は華道の看板を掲げ、現在では三十人近く弟子をとっているらしい。非常に物静かな人で、近所では未亡人か何かではないかと噂している。もちろん独り暮しで、訪ねてくる者を見かけたことはないが、ただ自分からは旅行なのか、スーツケースを垂げて出かけていくことが月に二、三度はある、という。

柚木はふと、田舎駅に鞄と白菊の花をもって下りたつ女の姿を想像した。女はやはり、全国の戦歿者慰霊碑を回り歩いているのではないだろうか。

「それが、お父さん――煙草屋のおばさんがあの女の日本語はちょっとおかしいっていうの。いいえ、普通の日本人とほとんど喋り方は変らないらしいんだけど、ただほんのちょっとどこか変なところがあるって、近所でも皆が言ってるらしいのよ。それにあんな古風な印象なのに、活ける花はとても華やかなものらしいの。蘭とか、牡丹とか、真っ赤な罌粟とか――それに封筒の未央柳。みんな中国を連想させる花だわ。まだあるのよ。あの女、小川れい子って名前だそうだけど、れいの字は――」

万由子はテーブルに〝玲〟と書いた。

「あの人、まさか――」

柚木は首を振った。万由子だけでなく、柚木も一人の女の顔を思い泛べていた。だが、その女ならもう二十数年前に死んでいる。

「でも、死体は見つからなかったのでしょう」

そうなのだ。だから可能性は充分にある。だが、柚木はその可能性を否定したかった。なぜかはわからない。しかし、たとえ本当に二十数年前、油壺の夜の海に身を投げた異邦の女が今も生きているとしても、この事実は、誰も――とりわけ愛鈴は知ってはいけない気がした。誰よりも愛鈴だけには、自分が生きていることは知って欲しくない――あの女はそう考えているはずである。

「それで、どうだったの。愛鈴さんと会って」

万由子が思い出したように聞いた。

愛鈴は、最後にこう言った。

——今、私は改めて自分の親は、崔紅春しかいなかったという気がしています。彼女だけが私の全てだったと。私が拾われたのは、あの戦争最後の年の十月十日だったということです。私はその日を誕生日として祝ってきたし、これからもその日を私の生涯の最初の日として祝い続けるでしょう。

柚木が、このことを話すと、万由子はかすかに目を潤ませた。

「でも、やっぱり愛鈴さん、両親がどんな人でも生きていてほしかったと思ってるはずだわ」

下りのエレベーターに乗って二人きりになると万由子が言った。どこか淋しげである。

万由子も、母親の顔は、一枚の写真でしか知らない。

「お前にも淋しい思いをさせたな……」

柚木が呟くと、万由子はちょっと不思議そうに首を傾げていたが、ふと手をのばし、

「私には、母さんがいるわ」

ほんの一瞬、柚木の胸に触れた。柚木はまだ万由子が小さかった頃、時々その小さな手を自分の胸に寄せて、「お前の母さんはここにいる」半ば冗談のように言ったものである。物心がついたばかりの万由子は、今と同じ不思議そうな顔で首を傾げ、柚木の胸をつついたり、撫でたり、引っ掻いたりしたものである。万由子はそのことを覚えていたようである。

「愛鈴さん、両親がそんな風に死んだと聞いても、今までと同じ面影で両親のことを思い出すでしょうね」

万由子は言った。

翌日、柚木はまず、金沢の山田治雄に連絡をとった。山田はこの三日間はどうしても手を離せない仕事があるが、愛鈴が日本を発つ五日後には必ず上京すると言った。愛鈴は今日から地方公演に出かけている。今夜は京都、明日と明後日が大阪で、東京へ戻り、もう一晩演奏会を開き、翌日の夕方の飛行機でニューヨークへ発つことになっている。ニューヨークでも演奏会が待っていると言っていた。

山田に、自分の方で旅費をもつというと、

「いや、寺田大尉のお嬢さんなら、私の方でお願いしても逢いたいと思います。それに私は、やっと従兵としての義務を果たせるのです」

受話器のむこうに、柚木は山田の山羊に似た幼い目を思い泛べた。その目と寺田の最後の音を吸った指には、昭和二十年の八月のある夜、耳には届かない上官の遺言を必死に聞きとろうとしていた若い従卒がいた。

前日にもう一度連絡させてもらうと言って、柚木は受話器を置くと、昼になるのを待って大塚へ出かけた。小川玲子という謎の女性には、ともかく一度逢っておかなければならないと思ったのだ。万由子に聞いたとおり、駅前通りから少し奥まったところに、その家はあった。木造の小さな家は、長年の雨にしみて古びているが、〝清月流生け花〟と書かれた看板の墨字のせいか奥床しく見える。石垣の陰に碇草の花が細かい十字で光っていた。

小川玲子は留守であった。隣で尋ねると、今朝早くに、三日ほど家を留守にするので宜敷くお願いしますと言って旅支度で出かけていったという。

三日といえば愛鈴が東京を離れている日数と一致する。小川玲子は、京都の演奏会場に行ったのではないか、と柚木は思った。

大塚駅のホームで国電を待っていた柚木は、ふと、自分も京都へ行ってみようと思った。京都の演奏会場にも女が現われるなら、その女が本当は誰であるか、確信がもてそうな気がした。帰路とは逆方向の国電に乗りこみ、東京駅のホームから万由子に電話を入れた。愕いている万由子に、帰りは明日になるかもしれない、と言い、昨夜の演奏会のパンフレットに書いてあった京都の演奏会場の名を調べさせた。

新幹線は三時間で柚木を京都へと運んだが、演奏会場へ到着したときは、既に暮色がおり開演後二十分近くが経っていた。席があれば休憩時間にでも入れてもらえるのだが、生憎今夜の切符は全部売り切れたという。柚木は仕方なく近くの喫茶店で二時間半をつぶし、九時少し前に会場へ戻った。

係の女性が今アンコール曲を弾いているという。幽かにピアノの音が聞こえてくる。昨夜、戦後の両親の死を知らされた愛鈴のピアノの音色には変化が出ているだろうか——そんなことを考えていると、拍手が湧きあがった。喝采は延々と続き、やがて客があちこちのドアから流れ出してきた。柚木は、一つの顔も見逃さないように目を凝らした。しかし流れの顔は次々に柚木の方へ押し寄せてくる。これでは見落としそうだと心配したが、それは杞憂だった。

流れの最後の方に、灰緑色の着物をまとった女は、その和服姿の美しさのために否が応でも周囲の顔から一人浮きあがって目立った。

柚木の胸は高鳴った。予想はしていたのだが、現実に女の姿を見ると緊張を覚えた。

女は一人だけ、流れとは反対の裏道へ回った。どこの寺なのか、夜目に仄白く流れる土塀に沿った細道を女の後ろ姿は少し急ぎ足で進んでいく。

街灯の真下で、柚木は女に声をかけた。

くるりと灯の中へ、女の顔はふり返った。

「柚木桂作です」

しかしそう名乗る前に、女には柚木が誰かわかったらしい。白い肌にさっと驚きの色が走った。

「あなたですね、未央柳の手紙を下さったのは……」

女は柚木が最後まで言い終るのを待たずに咄嗟(とっさ)に首をふり、

「何のことかわかりませんわ」

慄(ふる)える唇でそう言うと、背を向けて走り出した。柚木は後を追おうとしたが、女は数メートル先に停っていたタクシーに乗りこみ、車はすぐに走り出してしまった。車に迎えを頼んでおいたようである。

柚木は表通りに戻り、タクシーを拾うとホテルの名を告げた。去年の秋、大谷本廟の前で女と出遭った際、タクシーの運転手がそのホテルの前で女を拾ったと言っていたのを思い出したのである。今度も同じホテルに泊っている可能性がある。

銀閣寺の近くのホテルに着いて、フロントで尋ねると、

「小川様なら、たった今お戻りになりました」

という返事である。柚木は部屋に電話を入れてもらった。電話では断られるだろうが、そうなれば部屋の番号を聞き、直接訪ねるつもりだった。

だが受話器を置いたフロント係は、

「今、下りてみえるそうです。ここでお待ちいただくように、ということです」

ごく自然な声で言った。柚木は自分の耳が信じられず、本当に小川玲子という名なのか二度、係の男に聞き直した。

二分も経つと、しかし、開いたエレベーターから確かに、小川玲子は、先刻と同じ灰緑色の着物で姿を見せたのだった。黒い鼻緒の草履で静かに絨緞(じゅうたん)を踏みながら、柚木に近寄ると、

「さきほどは失礼しました。あまりに突然でしたので……」

丁寧に頭を垂(さ)げた。

「誰もいない所でお話しさせていただきたいと思います。銀閣寺の方へ参りましょうか」

そう言うと、女は柚木の返事を待たずに先に歩き出した。柚木は二、三歩距離をおいて黙って女の背についていった。女は銀閣寺へ続くゆるやかな坂道を上っていく。両脇に並ぶ売店はもう灯を落としている。

女はやがて細道へ入った。街灯の灯に、道は青白い帯で流れ、その帯はすぐに途切れて門につきあたっている。両脇は、石を積み重ねた上に、椿の木が垣をつくっていた。夜影に椿の垣

は、濃緑色の屏風のように見えた。かすかに紅玉の椿が花を幾つも落としているのがわかる。

女は鎖された門の前に立ちどまると、

「門のむこうに道があります。白川砂のとてもきれいな道――でも入れませんわ」

と言った。女はしばらく門のむこうの闇に白く浮きたつ道を思い泛かべているようだったが、やがて柚木をふり返った。何かを切り出したいのだがそれを恐れているような顔である。柚木も、女から言葉を切り出させたいと思って黙っているとやがて女は、しゃがみこんで闇の中から椿を一輪片手だけで掬いあげた。もう一方の手は、白絹の半襟をしっかりと摑んで、先刻からわずかも動こうとしない。片手の花を護符にして、やっと勇気が出たというように、女は唇を開いた。

「先生に、あの手紙をさしあげたのは確かに私でございます」

「なぜ――理由を聞かせて下さい。理由さえ聞かせてもらえるなら、『無音の独奏』を中断する決心はついています」

女はそれには答えず、掌にのせた花の護符に目を伏せていたが、

「先生は愛鈴という女性ピアニストに逢われたのでしょうか」

柚木は瀬川の紹介で二時間ほど話をしたと語った。愛鈴に両親の話をしたことも語ったが、女はそれには反応せず、

「それなら、お願いがございます。愛鈴が東京へ戻ったら、五分だけ彼女に逢わせてもらえないでしょうか。先生のいらっしゃるところで……そうすれば、その後で私は何もかもお話しい

たします」

「しかし、どうやってあなたを紹介すればいいのでしょうか」

「私を先生の知り合いだとおっしゃって下さい。彼女のピアノの音色がとても好きで、以前から一度お逢いしてみたかったと——」

女は闇に霞(かす)んで命のない幻のようにさえ見えるが、このとき目の奥で烈しい光が、柚木の目を捉えた。柚木は承諾した。

「それなら、しあさっての午後四時、彼女が泊っているホテルの中庭の桜の木の下で待たせていただきます。本当に五分だけ——もし彼女の都合が悪ければ、それでもう諦めます」

女はそれだけを言うと、これで話は終ったというように椿を袖に納めて既に背をむけかけたが、ふとその足を停めた。後ろ姿のまま、白い襟足を伝って声が流れた。

「私の祖国と、愛鈴の祖国は同じです……」

小さい声だったが柚木は、はっきりと聞きとった。女は駆け足になって坂を降りていった。女の姿が見えなくなった後も、柚木は女の最後の言葉と共に、その場に突っ立っていた。女はその言葉で、自分が玲蘭だと認めようとしたのか……小川玲子が玲蘭であることはもう間違いなかった。小川玲子は、二十余年前、祖国に棄ててきた一人の娘に一目逢い、言葉を交わすために、自分が二十数年隠し続けてきた秘密を柚木に告白する覚悟のようであった。女の日本語は、もう日本人と変りはなかった。戦後から今日まで、女はこの異国でたった一人生きぬくために、命がけで日本人を装い続けてきたのだろう。常日頃から着物を着こみ、華道を覚え、そしてまた自分の気持ちに、この国への愛を植えつけるために、愛国者のように国のために死んでいった戦歿者の慰霊碑をまわり続けてきたのではないか……柚木の目には、女が手にしていた椿の花の赤がいつまでも染みていた。柚木は知覧飛行場近くの田舎道で女が花を拾っていた、という秋生の話を思い出した。女が花の師匠をしていたなら、花に関心を示したのはわかる。しかし、女はなぜその花を川へ投げ棄てたのか……女が玲蘭だという確信をもった今、わからないのはその点だけだった。

駅前のホテルで一泊し、翌朝早くに東京へ戻った柚木はまず、瀬川に電話をして、小川玲子の希望を愛鈴に伝えてもらえないか、尋ねた。小川玲子についてはまだ何も知らなかった瀬川は、思わず受話器の底で唸(うな)った。すぐに大阪の愛鈴に電話を入れて、その時刻を空けておいてくれるよう頼むと言った。柚木は、小川玲子が玲蘭だという可能性はわずかも愛鈴に気どられぬよう気をつけて下さいと頼んだ。

次に柚木は秋生に電話を入れ、小川玲子が明後日ホテルの中庭に立つ際、その顔をどこかから隠し撮りしてもらえないか頼んだ。小川玲子がその後で必ず真相を話してくれる保証はなかった。横浜の荒木刑事に会ったとき、玲蘭のことをよく憶えている中国人が現在中華街で料理店を開いている話を聞いた。その男に小川玲子の顔を改めさせたかったのである。秋生も何も事情を聞かされていなかったので、ひどく愕いたようだが、その時刻には必ず行く、自分が行けなくなったら代りの者を行かせる、と言った。秋生の勤める局は、愛鈴の泊るホテルのすぐ近くである。

これだけの準備をして、柚木は、祖国が――またおそらくは血も同じ二人の女の対面する日を待ったのだった。

その日の朝、大阪から戻った愛鈴は、三時にホテルの一室で記者会見をし、瀬川の忠告通り、父については何もわからなかったと語った。

――私の祖国は中国です。しかし私は祖国と同じようにこの国を、この国の美しさを、この国の人々を愛しています。

愛鈴が人々（ピープル）という言葉を少し強く発音したのが、柚木にもわかった。愛鈴が、その人々という言葉で誰のことを言いたかったのかも。

入口近くに立った柚木に、秋生が近寄ってきて、喫茶室のガラス張りから、望遠レンズで桜の木の下を狙える場所があるという。柚木は秋生に頼んで、記者会見を終えた愛鈴と通訳の女性と共に四時少し前に庭におりた。

都内一の高層ホテルだが、庭は日本庭園で、竹籬（まがき）が起伏する中に松やまだ緑の紅葉が絵のように植わっている。

風の強い日で、一点の非もない造型美を風が乱したむこうに、靖国神社の重々しい鳥居が見える。庭の隅に小さな池があり、その池に崩れかかるように長い枝を伸ばした桜の木があった。花はまだ三分咲きだが、ほんのりと赤い烟（けむり）が風が起こる度に周りにたなびくように見える。女はその根元に、後ろ姿で座りこんでいた。足音にふり返ると、女は水面に音もなく泛び上がるように立ちあがった。濃紺の塩瀬を着た女は、想像もできなかったほどなに気ない微笑で愛鈴を迎えた。

柚木が、約束どおりに女をただのファンとして紹介すると、愛鈴はにっこり笑って手をさし出した。握手を求めたのだが、女は静かに首をふった。

女は片方の手を袖の中に落としている。

「五分間だけ、私と一緒にここに座って池を眺めていて下さい。それだけでいいのです」

日本語で言った。中国語で直接、愛鈴に語りかけることもできるのだが、それを故意に避けているのだ。自分が中国人であることを気取られたくない、というより、愛鈴との間に距離をおいておきたいと考えているようだった。

通訳から聞いて、愛鈴は少し不思議そうに女の顔を見守っていたが、先に座った女の傍に、言われたとおり自分も後ろ姿で座った。女は何も語りかけようとせず、愛鈴の方をふり返ることもなく、独りきりでいるのと変りない静かさで、水面を眺めている。愛鈴もその静かさを真似るように、ただじっと池に目を落としていた。風は愛鈴の長い黒髪とドレスの白いレースを吹き流すが、女の後ろ姿には、わずかも動くものはなかった。灰色の帯に、黒い折鶴が一羽だけ静止している。

二十数年ぶりの再会がこんな形で行なわれるとは、柚木には想像もできなかった。共に祖国を棄てた二人の母娘が、それぞれの運命の荒波を乗りこえ、今、この日本という一つの国の片隅で出遭ったのである。母とは名乗れない立場とはいえ、そこには涙も感激の声もない。漣に薄紅色に砕ける桜の枝影を眺めながら、ただ時が過ぎゆくのを見送っているだけのような静かな後ろ姿しかなかった。

やがて立ち上がった女は、

「ありがとうございました」

と言うと、相変らず右手は袖の中に隠したまま、もう一方の手にもっていた白い水仙の花の束を愛鈴にさし出した。だがそれを手には渡さず、愛鈴の顔の方にもっていった。愛鈴の頬に水仙の花弁が触れた。髪を絡めながら、花は春の午後の光に白く照り映えている。女は数秒その姿勢で動かずにいた。かすかに首を傾げ、自分より背の高い愛鈴の顔を、心底楽しんでいるように微笑で見上げていた。女は愛鈴の躰にじかに触れないように自分を戒しめているのだ、と柚木は思った。しかし自分の手に繋がった花を通して、愛鈴の血を微笑とはほど遠い懸命さで必死に感じとろうとしているに違いない――だがそれも数秒であった。女は花を愛鈴に渡すと、もう一度礼を言った。

「これでいいのでしょうか?」

愛鈴は通訳を通して柚木に心配そうに尋ねてきた。

「結構です。ありがとうございました」

柚木も丁寧に礼を言った。今夜、日本での最後の演奏会を開くことになっている愛鈴が足早に立ち去ると、女は柚木をふり返った。柚木は、秋生のカメラが狙いやすいように少し体を外した。女は柚木にも礼を言って、一通の手紙をさし出すと、

「やはり自分の口で語る勇気はありませんので……ここに全部書いておきましたから」

と言って、愛鈴とは反対方向の表玄関の方へ去っていった。

「一枚は真正面から撮れたはずです」

柚木が喫茶室に座ると、秋生がカメラをしまいながら言った。柚木は礼を言うと、女から受けとった手紙を開いた。

——私の名は趙玲蘭といいます。

手紙は、そんな言葉で始まっていた。

——一九四二年、日本が米国と戦争を始めて半年が過ぎたその夏、私は南洋の戦場から満州に移ってきた一人の軍人と出遭い関係をもちました。彼は立派な軍人で、その頃、駐屯地の近くの小さな村で、身寄りもなくたった一人暮していた私をとても大事にしてくれ、すぐに私にはその男だけが全てになりました。それがテラダでした。テラダとの二ヵ月は、私にとって最も幸せなものでした。私は今もテラダを殺したことを後悔してはいませんが、それと同じように、そのテラダとの幸福な二ヵ月を後悔したことはありません。テラダは本当に私に優しくしてくれましたし、私もテラダの目を、指を、躰を奇跡のように愛しました。二ヵ月後、彼は、彼よりずっと位の低い兵士と変りない卑劣さで、私には何も告げず、ただ一人外の町か外の国へ移っていきましたが、私はその二ヵ月の思い出がある限り、テラダの面影を愛し続けて生きていけばいいのだと思いました。やがて私は女の子を産み、その子を愛鈴と名づけました。私はその愛鈴とテラダの面影だけを生き甲斐に長い月日を暮したのです。そのうちに日本軍の敗色が濃くなり、中国でも多くの日本兵が死んでいるという噂が届いたので、私はテラダもそんな一人として死んだのだろうと考えました。

だから戦争が終り、日本人の引き揚げ者の群れが村の近くを毎日のように通り過ぎるようになった頃、戸口に、泥まみれのぼろぼろの兵隊服で倒れている男を見つけたとき、それが誰かすぐにはわかりませんでした。右腕がなく、布を巻きつけた傷口には蠅（はえ）がたかっていました。その負傷した躰で、自分がどんな風に死の戦場から逃れてきたか、テラダは意識をとり戻してからも思い出すことはできず、また私の躰の背後から恐ろしそうにテラダの顔を覗きみている小さな女の子が誰かもわからなかったようです。テラダは愛鈴を抱きしめようとし、その時片腕がないことに気づき、しばらくは何が起こったかわからず、笑おうとさえしました。意識をとり戻したばかりで戦場でのことをすぐに思い出せなかったのです。テラダは自分に片腕がないことを納得するのに三日かかりました。

日本へ戻るというテラダに、私は一緒に連れていってほしいと泣いて訴えました。テラダは最初、首をふり続けましたが、私がそれなら愛鈴を殺して自分も死ぬと訴えたので、最後には承諾するより他なかったのでした。ただし愛鈴は途中の町へ残す、と言いました。私たちは生きて日本へ帰れないかもしれない、せめて愛鈴だけは、新しい時代を生きて欲しい、テラダはそう願ったのです。私は黙って肯きました。私はわずかもためらうことなく、祖国より娘より、テラダを選んだのです。

口のきけない日本女のふりをし、テラダの妻として私は、愛鈴の手をひいて引き揚げ者のトラックに乗りこみました。愛鈴を吉林の町に置きざりにした後、私たちは実際、何度も死の危険に直面しながら、それでも何とか日本の土を踏むことができました。愛鈴を手放したのは正しかったと思います。愛鈴を連れていったら私たちは三人共が日本へ渡る途中で死ななければならなかったでしょう。両親を失わせたかわりに、私は愛鈴に生命を与えたのだ——テラダに裏切られて私が母親らしい感情をやっと取り戻し祖国の愛鈴を思い出して苦しんだとき、私はそんな言葉で何とか自分を慰さめたものです。

終戦後の日本で、私たちがどんな風に生き、破局を迎えるにいたったかは、書く必要はないでしょう。すべては警察が調べたとおりであり、先生が「無音の独奏」に書かれたとおりでした。その後、今日まで私がどんな風に逃げのびたかは書きたくありません。私はテラダやあの日本の女を殺害するよりもっと非道な真似をして今日まで生きてきました。それはもう思い出したくないことです。本当にテラダとあの女を殺したことは後悔していません。二人があの集落の小屋で、豚のように裸で抱き合っているのを見たとき、私はテラダとのあの幸福だった二ヵ月の思い出を支えていた最後のものが崩れ落ちるのをはっきりと感じとったのです。

今の私は日本人です。祖国と同じようにこの国を愛しております。

あの若い女性ピアニストが、終戦後の日本で両親がどんな風に果てたかを知ってしまったのは諦めます。しかし母親がその後、日本人になり、今も生きていることだけは、何も知らせないで下さい。

私のためではなく、誰より彼女のために——

柚木は秋生にも、その手紙を読ませた。

「写真は無駄になってしまったようだね」

「——でも」

秋生は不満そうであった。

「それで、このことは警察には知らせないつもりですか」

「そのつもりだよ。彼女は無国籍だし、そうでなくとも、事件は時効になっている——」

秋生は別れ際までなにかを考えこんでいる容子だった。別れる前に、柚木が、明日金沢の山田治雄が東京駅へ着くので万由子が迎えにいき、空港で愛鈴と会うことになっていると告げると、秋生は自分も行くと答えた。


翌日の午後五時、一足先に愛鈴と共に空港に着いた瀬川と柚木は、ロビーで秋生たちの到着を待っていた。瀬川が、寺田武史の遺言を右手の指で憶えている人が来ると言うと、愛鈴もぜひ逢いたいという。

中途の道路が混雑しているのか、四時に東京に着いているはずの山田治雄はなかなか現われなかった。こんなこともあると思ってもっと早くに出て来てほしかったのだが、山田は午前中に金沢でどうしても済ませなければならぬ仕事があったのである。

最終の搭乗アナウンスが広い空港に響きわたると、婚約者のロベール・レニエールが立ちあがった。仕方がないから手紙で指遣いを報らせると、瀬川が告げると、愛鈴も残念そうに立ちあがり、ロベールの後についた。

その愛鈴がゲートに踏みこもうとした間際である。

「先生——」

声にふり返ると秋生がかけてくる。その後ろから万由子に抱きかかえられるようにして、華やかな国際空港には似合わぬ田舎びた背広姿の男が息を切らして走ってくる。山田治雄だった。途中で事故があり、道路が渋滞したらしいのだが、満足に弁解している時間はなかった。

愛鈴もすぐにそれが誰であるかわかったらしい。先に入ったロベールの停める声を無視して、ゲートに背をむけて近寄った。

瀬川が早口の英語で何かを告げると、愛鈴はさっと右手のレースの手袋をとって、手の甲を立たせるようにして山田の方に向けてさし出した。

山田は助けを求めるように柚木を見たが、柚木が肯くと「はい」と子供のように素直に返事をし、シャツで自分の手をこすり、愛鈴の方へ伸ばした。

一瞬ためらった後、山田は自分の掌を愛鈴の手の甲に押しつけた。

二つの手が重なった。

山田は息を乱したまま、手を喰いいるように見つめながら、薬指を曲げた。次に小指、そして薬指……

愛鈴の顔色が変ったので、柚木と瀬川は顔を見合わせた。愛鈴には、それが何の曲かすぐにわかったようである。

空港の喧騒を、二つの手だけが寄せつけず、重なり合って、二十数年前、満州の夜に一人の男が最後の指で奏でた曲を、その無音のままに響かせていく。

係員が急いで下さいと言い、ロベールもゲートの中からさかんに愛鈴を呼ぶが、愛鈴の耳には届かないようだった。

「もう一度」

愛鈴の言葉を、瀬川は山田に伝えた。生涯の晴れの場に立つように緊張した顔で、山田は再び薬指を曲げた。だが愛鈴は今度は最後までそれを続けさせなかった。途中で不意に静かだった顔が崩れ、愛鈴は両手で山田の右手をしっかりと包み、嚙みつくように強く唇を押しつけた。その目から涙がひと筋山田の指を伝った。山田も泣いているのか、手を伸したまま初年兵のように直立不動の姿勢でじっと頭を垂れている。

瀬川がそっと愛鈴を山田から引き離した。

「ありがとう」

愛鈴は、何度も日本語で、まだじっと頭を垂れている山田に礼を言うと、〝ニューヨークからすぐに手紙を書きます〟駆け出しながら瀬川に告げた。ゲートに走りこむ前に、愛鈴はほんの一瞬、みなの方をふり返った。柚木は、寺田が最後の戦場で壕からとび出した瞬間に、山田の手をふり返ったことを思い出した。愛鈴も最後に、その手をふり返ったように見えた。

三十分後、離陸した飛行機は、暮れなずんだ空に、一人の娘が一つの国に残した未練のように、いつまでも小さな赤い灯を点し続けていた。

柚木は、小川玲子もこっそり見送りに来ているかもしれないと思い、空港中に目を配ったが、それらしい人影はなかった。

3

月の半ば、今年は早かった桜が、雨に流れる頃、「虚飾の鳥」の映画が完成し、その試写会が日比谷(ひびや)の映画館で行われた。柚木は、秋生と万由子を連れて、宵(よい)の口から始まったその試写会に出席した。

映画はまず主人公鞘間重毅の誕生シーンから始まった。鞘間重毅の両親はカソリックの基督(クリス)教徒(チャン)である。佐賀県の小さな教会で赤児の鞘間が、外人宣教師から洗礼を受け、オバデヤという聖書中の預言者の名を洗礼名として授けられるのは原作通りである。彼は戦時下には自分が基督教徒であることをひた隠しにしていたが、終戦後の自害の際には手にしっかりと青銅の十字架を握りしめていたという。ただし柚木は原作では、鞘間の偽善を強調するためにこの事実を書いたのだが、映画は彼をあくまで敬虔(けいけん)なカソリック教徒として扱い、夫婦愛の美しさの基盤としている。

主人公の生涯を追うにつれ、映画は原作を離れ、やがて若い妻との感動的な愛の物語が展開された。演出も俳優も立派だが、何より、瀬川喜秀が寺田武史の〝九つの花〟の主題を基に作曲した音楽が、美しく感動的に、愛の悲劇を包んでいた。

試写後、柚木は、監督や俳優に一観客としての感動を素直に伝えた。試写が始まる前に瀬川が、愛鈴から手紙が届いたので、試写後、家へ来て欲しいと言っていた。ロビーのソファに座り、待っていると、秋生が来た。

秋生は、一枚の写真を出した。月初めにホテルの庭で撮った小川玲子の顔である。望遠レンズで撮ったとは思えないほど顔の線をはっきり捉えている。

「実は、僕は、この女の告白の手紙にどうしても疑問があったんです」

「なぜだね」

手紙を読んだときの不服そうだった秋生の顔を思い出しながら、柚木が尋ねると、

「この女は全てを日本人に塗りかえようとしてますね。しかし外観は確かにそうですが、反面、上海の宵の香水をつけたり、未央柳の手紙を送ってきたり、中国人臭さみたいなものを故意に誇示しているようにも思えたんです」

「しかし、そういう嗜好は、本人が意識せずに出てしまうものではないのかね」

「それはそうですが……しかしどうしても得心がいかなかったので、実は、今朝横浜へ行ってきたのです」

秋生は荒木刑事から、当時の集落の住人で中華料理店を経営している老人の名を聞き出し、その男を訪ねて小川玲子の写真を見せたという。

「いや僕の見当違いでした。この女はまちがいなく玲蘭でしたよ」

秋生は、玲蘭が生存していることに気づかれると困るので、玲蘭には双児の片割れがいて、日本へ妹を探しにきている、写真はその女性のものだと適当に嘘をついた。老人は玲蘭に瓜二つだと言って驚いたという。

その時、脚本家の井川剛介が近寄ってきて、連れていた五十過ぎの和服の女性を柚木に紹介した。村野(むらの)きぬという、開戦前二年間ほど鞘間邸で女中奉公をしていた女性であった。名前に柚木は記憶があった。鞘間邸にはもう一人長年仕えていた女中がおり、柚木は「虚飾の鳥」執筆時にそちらの女中から話を聞いただけで、村野きぬには会っていなかった。脚本家はその村野きぬをも探し出して、鞘間重毅夫人について話を聞いたのだった。創作とはいえ鞘間夫人が脚本で活写されていたのには、こんな脚本家の努力が隠れていたのである。

村野きぬは、小説の方はまだ読んでいないが、すぐにも読ませてもらうと、柚木に挨拶したあと、ふっと柚木の手の写真に目を投げ、

「奥さまですわね……」

と何げなく呟いた。何のことかわからずにいたが、村野きぬはすぐに鞘間夫人役の女優の名を出した。

「牧岡衣里子さん、本当に奥様に似ているので驚きました。それは顔立ちなどはちょっと違いますが、後ろ姿など本当によく似てらっしゃいました」

柚木は、ああ、と思った。去年の秋、京都で初めて小川玲子に遭ったとき、誰かに似ている

と思ったが黒目がちの大きな目が女優の牧岡衣里子に似ているのだ。村野きぬは、柚木の手にした玲蘭の写真を逆さに見たので、それを奥さま役を演じた牧岡衣里子と誤解したらしい。

村野きぬは、また主人公の俳優も、家の感じまでもよく似ていると言った。鞘間邸は空襲を免れたが、戦後六年目に道路を敷くために壊されている。

「ただ裏庭には桜の木はありませんでした。あそこには夾竹桃の木が何本も植わっていたのです。ご主人様が、生まれ故郷の家に夾竹桃があったので懐しいとおっしゃって植えられたのですけれど——真夏には真っ赤な花をつけて、それはもう綺麗でした」

夾竹桃という言葉に、柚木はふっと昔のある出来事を思い出したのだが、この時、瀬川が来た。柚木は村野きぬに、ゆっくりと話を聞きたいと思ったので別れ際に電話番号を聞いた。

柚木は、万由子や秋生と共に瀬川のマンションを訪れた。愛鈴から、問題の、寺田武史の遺言になる曲の楽譜を送ってきたというのだ。

「いや、有名な曲でした。愛鈴が自分でそれを弾いたテープも送ってきたので、それからまず聞いてもらいましょう。自宅で録音したらしいので音はよくないのですが……」

瀬川はそう言って三人を小さな部屋に通し、ステレオにテープを入れた。すぐに柚木も耳にしたことのある葬送行進曲が流れ出してきた。尤(もっと)も柚木は、それがポーランドの名高い作曲家フレデリック・ショパンのピアノ・ソナタ第二番の第三楽章に使われているものだとは知らなかった。愛鈴の弾くピアノの音色は、葬送の足音を重々しく奏でていく。柚木には夕焼けの道を白い旗を肩に背負って足をひきずりながら歩いていく敗残兵の姿が泛んだ。

「ここです……」

瀬川が言うと同時に、曲想が変った。暗鬱な葬送の足音からは想像もできない清浄な調べが響いてきた。後でこの箇所は〝天使の慰さめの歌〟と呼ばれていることを知ったが、実際、天使たちが細かい光の粒となって天から舞い降りてくるような浄らかな旋律であった。この時、万由子が何かに愕いて手を口にあてた。〝天使の歌〟は人の心を何度も洗い流すようにくり返され、やがて再び死の暗い足音が始まったところで、瀬川はテープを停めた。

「お嬢さんは気づかれたようですね」

「ええ。トリオの有名な〝天使の慰さめの歌〟のところが、ちょっとだけ編曲されていましたわ」

瀬川は一枚の楽譜をさし出した。それからCHOPINと大きく記された楽譜の本の一頁を開き、

「この一枚が父親の遺品として愛鈴がもっていたもので、こちらが原曲です。寺田君の遺品の方には、装飾音符が四つつけ加えられていて、二小節目の後半の左手が原曲より三オクターブあがってそこだけ左右の手が交叉するようになっています。さらに二小節目の結尾に八分音符が二つずつ加えられていますが、この方が次の音への流れが綺麗になって、いい編曲です。山田さんが憶えていたのは、最初の四小節の右手の二十二の音ですね」

柚木が尋ねると、

「そんな有名な曲が調べてもわからなかったのですか」

「編曲されていますし、パデレフスキー版なんかでは、たとえば中指から始まる面白い指遣いをしているのですね。尤も最近の本はほとんどが寺田君と同じ薬指から始まる奏法をとっています。この方が自然ですし、指だけで曲を伝えるならこの方が分かりやすいでしょう」

柚木は二つの楽譜を見比べた。（楽譜3参照）

「遺品の方の二段目が×印で消されているのは、何故でしょうか」

覗きこんで秋生が聞いた。左右の手を一段と考えると、寺田の楽譜には六段分が書かれ、その二段目に×印がうたれている。下四段は原曲と全く変わりなかった。

「さあ。ただ愛鈴の手紙には遺されていた楽譜どおりにコピーして送ると書いてありました」

秋生は眉根を寄せて、

「たしか、寺田武史の死体から発見された〝落葉〟の詩も三節目の六行のうち、二行目が消されていた、ということでしたね。〝うらぶれて〟という行です」

柚木も思い出した。確かに「海潮音」の中の〝落葉〟の詩の三節目とその楽譜は、同じ六行の二行目を削られているという点で構造が一致する。

秋生はしばらく考えこんでいたが、

「万由子さん、この装飾音符をつけ加えることで指遣いが変わるということはないですか」

「そうね」万由子は㋑の部分をさして、「ここは前のつながりから言うと4の指が自然だけれど装飾音符を4にして3の指で押えることになっているわ」

確かめるように見上げた万由子に、瀬川も肯いた。秋生に、

楽譜３

ショパンの楽譜

寺田武史の遺品にあった楽譜

「万由子さん、最初の一段の左右の指の動きを書き出してもらえませんか」

と言われて万由子は、瀬川から借りたメモ用紙に次のように書きこんだ。

右	4				5	4	3	2	1	[1]5			[4]3		4	3
左	5	3	1	2	5	3	1	2	5	3	1	2	5	3	1	2

秋生はじっとその数表を見つめていたがやがて次のように書き変えた。

右	4	4	4	4	5	4	3	2	1	1	5	5	5	3	1	2
左	5	3	1	2	5	3	1	2	5	3	1	2	3	3	4	3

装飾音符を消し、右の空欄には前の指が持続するように書きこんだ。最後の四字を右左入れ替えたのは、楽譜の手が交叉するようになる指示を活かしたのだろう。

次に秋生は、〝落葉〟の詩の三節目を二行目を削って二通りに書いてみせた。

Ⓐ

	右1	右2	右3	右4	右5
左1	げ	こ	さ	と	お
左2	に	ゝ	だ	び	ち
左3	わ	か	め	ち	ば
左4	れ	し	な	ら	か
左5	は	こ	く	ふ	な

Ⓑ

	左1	左2	左3	左4	左5
右1	げ	こ	さ	と	お
右2	に	ゝ	だ	び	ち
右3	わ	か	め	ち	ば
右4	れ	し	な	ら	か
右5	は	こ	く	ふ	な

柚木には、秋生が何をしようとしているかわかった。瀬川も気づいたようである。

「つまり左右の数字を組にして〝落葉〟の詩から字をとり出そうというわけだね。たとえば出だしは右が4で左が5、4と5という組み合わせではAからはふの字が、Bからはかの字がとり出せるという具合に……」

「はい。他にも左の行から123……と並べていく方法やいろいろ考えられますが、この二種類がいちばん自然だと思いますね」

万由子も興味をもったようである。秋生が順に字を拾っていくのを横から手伝った。

Aからは（ふちとびなちさゝはわおちばめれか）という字が、Bからは（かなれしななわゝおさはこくめとだ）がとり出せた。

「どちらにしても意味がつかめんが……」

「でもそこまでは間違っていないと思います。Aにはちの字が三字、Bにはなの字が三字でてきますね。そのうち反復する分、つまり二字を消すとどちらも十四字になるでしょう。僕は十四字をとりだしたかったんですよ」

「なぜだね」柚木が聞いた。

「瀬川先生は、遺品のSOSの曲から、何かゆえに誰かを殺せし人ありき——という俳句をとり出されましたね。僕はそれが俳句ではなく和歌の一部、つまり和歌の上の句の五七五ではないかと考えたんです。下の句、つまり七七の十四字がまだどこかに隠されているのではないかと……この十四字がそうではないでしょうか」

「なるほど、しかし同じ字の反復を捨てて十四字にしても依然意味は成さないね」

「それにAかBのどちらかもわからない……ただこの十四字を並べかえて意味が通じるようにする方法が必ずあると思うんです」

「しかし十四字の並べ方となると、無限に近い数になってしまう」

「だから何かの方法が——」

秋生は、意志の強そうな一重瞼の目を一点に据えて考えこんでいたが、

「最初にSOSの曲から短歌の上の句が出てきた——次は寺田武史の遺言の指、つまりショパンの葬送行進曲と遺品の〝落葉〟の詩の組み合わせから下の句十四字が……すると残りの一つ……」

「〝九つの花〟の楽譜……」

瀬川は、唸るような声で言うと、部屋を出て、柚木も見たことのある楽譜をもってきた。

「この中にその十四字を並べ替える方法の鍵が隠されているかもしれんのだね」

瀬川は、腕を組んで楽譜を睨んでいたが、

「主題部の前半、ドラソーラシミーシファドファーレソミーは十六の音でできているが」

秋生はAB十六字にその階名を並べていろいろいじくっていたが、しかし何も出てこないようであった。柚木は楽譜の〝花〟という字にふと、映画館のロビーで、村野きぬの言った〝夾竹桃〟という言葉を思い出した。夾竹桃の花には記憶がある。尤もそれは彼自身が見たものではない。昭和二十年、その終戦の日、柚木はまだ疎開先にいたのだ。東京へ戻り、フランス語のできる友人から聞いた話であった。その友人の話では、終戦の日の夕刻、焦土と化した東京に夾竹桃の花が降ったという。何者かが大本営の命令と偽って、厚木基地から一人の特攻隊員を東京の空に送ったらしいという話も聞いた。友人が柚木にその話を聞かせたのは、自分がフランス語に精通していることをひけらかしたかったからのようである。夕闇の焦土に降った夾竹桃の枝には、フランス語の書かれた紙片が縛りつけられていたという。「アンデルジャンス、つまり普通、免罪符と言われているものだね。尤も正確には〝贖宥（しょくゆう）〟──その符で罪をあがなうことで、罪を許されたり免れたりすることはできない。免罪符と呼ぶのは誤りだね」アンデルジャンスという耳慣れぬ語の響きと共に、友人の言葉は、はっきり憶えている。友人は、狂信的なカソリック教徒の仕業だろうと言っていた。

柚木が、映画館で夾竹桃という言葉にすぐそれを思い出したのは、映画の最初で一人の赤児が洗礼を受ける場面が印象深く残っていたからである。免罪符──カソリック教徒、それに夾竹桃、どちらも鞘間重毅と繋がりがある。大本営の命令と偽って……本当にそうだったのだろうか、事実、大本営の誰かがそんな命令を出したのではないか……大本営の誰か……大本営の中の隠れた基督教徒……

「これでは手が出ませんね」

秋生の吐息まじりの声に、柚木は我に返った。

4

柚木が再び〝夾竹桃〟という語を聞いたのは、それからわずか三日後であった。

その三日間、秋生は局の仕事もそっちのけに、瀬川から借りてきた〝九つの花〟の楽譜にとり組んでいるらしかった。

「目の色まで変えてるのよ」

休日に秋生の様子を見に行った万由子が心配そうに言った。その万由子の口から、柚木は、また、小川玲子、つまり玲蘭が大塚の家で依然花の師匠を続けていることを聞いた。あんな重大な告白をした後だから、玲蘭が大塚の家からどこかへ消えた可能性もあると思って、秋生のアパートからの帰途、動静を調べてきてくれるよう頼んでおいたのである。

柚木はその間、「無音の独奏」の最終章の執筆に忙しかった。柚木は適当な言い訳で雑誌社から、今月で「無音の独奏」を終える了承をとっていたが、一応最終章らしく話をまとめなければならない。この半年の間に調べた寺田武史の少年期について書いたが、どうもそれだけでは自分でも物足りず弱っていた。

手紙はそんな所へ届いた。河原道夫（かわはらみちお）という名に心当りはなかったが、開けてみると「先生の『無音の独奏』を毎回興味深く拝読しております。実は第一章に書かれていた、竜山（ヨンサン）の陸軍病院で寺田大尉の手紙を預かり、内地の鈴田弘志の奥様に届けたのはこの私です。大尉がピアノを弾かれることも、封書の中身が楽譜だったことも先生の小説を読んで初めて知ったのですが——何か参考になることをお話しできるかもしれません」と書かれており、自宅と会社両方の電話番号が記してある。

柚木は、この男を探していたのだが、鈴田弘志の細君が病死してしまった現在、その名を知る方法もなく諦めていたのである。渡りに舟であった。休日なので自宅の方へ電話を入れると、河原当人が出た。

柚木は、その河原と翌日の昼食時に丸ビルの喫茶店で会った。河原は丸の内にある大手商事会社の課長であった。重役級の貫禄ある体を仕立てのしっかりした背広に納めている。

河原は、終戦の年、竜山の陸軍病院で一ヵ月近く、寺田の寝台と隣り合わせたという。尤も寺田はこの男に対しても無口で、とりたてて話すことは何もないようであった。

ただ河原から聞いた話で、柚木には奇異に聞こえたことがある。

「寺田大尉は、死ぬ決意だったようです」

河原は突然そんな事を言い出したのである。寺田は陸軍病院で自分の病状の悪化を隠していたというのだ。喀血(かっけつ)すると、その血を人目につかず処理して、河原にも口止めし、軍医や看護婦の前では故意に回復した快活な素振りを見せていたところがあると、河原は言った。

「国のために早く命を捧げたいという言葉を二、三度聞いたことがあります。南洋の戦場へ旅立てなかったことを非道(ひど)く残念がっていました。〝南洋に行っていたら今頃は同胞と共に玉砕していたろうに〟とか〝回復したら陸軍本部へ行って満州防備に回してもらうつもりだ。日本軍もいよいよ決戦の時期を迎えている。近々必ずソ連が満州に侵入してくる。そうすれば日本はもう終りだ。大陸最後の戦場で私はやっと御国に命を捧げられそうだ〟そんなことを言っておられました。南洋行きも志願で決ったようでした」

奇異に思ったのは、漠然とながら、それまで柚木は、寺田が戦争を憎悪していたと想像していたからである。寺田は軍人としても立派だったという。だから国のために命を捧げるという言葉が出たとしても不自然ではない。だが寺田には、ピアノが、音楽があったはずである。大陸での寺田は、内地に生還し、またピアノに自分の指を叩きつける日を夢見ていたはずではないのか――それに、国のために命を捧げる決意のある立派な軍人とはいえ、特に危険な戦場ばかりを選んで志願して出るというのは、自殺志願に等しいではないか。これまで柚木は、満州辺境の最後の戦場にむかう寺田の姿を、軍服の淋しい後ろ姿で想像していた。それは愛する音楽に背をむけ、無理矢理死の戦場へ向わされる軍人の孤独な背であった。しかし今、寺田は自ら望んでその死の戦場へと向ったというのである。淋しい後ろ姿は変らない。しかしその同じ後ろ姿が、今は、死に場所を求めて大陸を彷徨う一人の男のものとなって柚木の頭に浮かんだ。寺田の遺言であった葬送行進曲のように、暗い足音をひきずって死にむかって歩き続ける孤独な背——その背は死だけを思いつめていたのだろうか。音楽のことなど寺田の胸にはわずかも残っていなかったのか——

そんなはずはない。寺田にとっては音楽はすべてだったはずだ。右腕を喪い、そのために戦後の日本で自滅する他なかった男である。——いやしかし、本当にそうだったのだろうか。寺田が内地帰還後、自ら望んで破滅への道に堕ちていったのには、片腕を失くした以外のもっと別な理由があったのではないか。胸の病気が悪くなっていたことは河原の話で初めて知ったが、そんな寺田にとって内地は、最後の死の戦場だったのではないか——満州の辺境では奇跡的に命拾いした寺田は最後の死に場所を求めて内地に戻ったのではないか、内地への帰還は寺田にとって自分を葬むる最後の旅だったのではないか、死への、破滅への、敗北への最後の旅……

「しかし、私が帰国するときには、さすがに日本を懐しがっておられたようです。君が内地へ戻るころには——たしか夾竹桃だったと思いますが、その花が咲いているだろう、と懐しそうに言っておられましたから」

柚木はコーヒーカップを握りかけた手を停めた。再びその花の名である。夾竹桃というのは東京でも珍しい花木ではない。しかし懐しいというからには何か特別な思い出がその花にあったのではないか。例えば、夏の間、寺田は頻繁にその花を目にしていたのではないか……戦前……東京のどこかで……

「そう言われたのは、私に二通の手紙を内地へ届けてくれと手渡されたときです」

「二通？　鈴田弘志には二通手紙を届けたのですか」

「いいえ、一通は別の所です。中身はもちろんわかりませんが、宛名ははっきり憶えていますよ。私自身が届けたのですから」

「誰ですか、それは――」

「先生もよく御存知の方です。先生は、やはり小説に書いておられるのではないですか――鞘間閣下のことを」

「サヤマ――鞘間重毅ですか」

「虚飾の鳥」を執筆して以来、もうすっかり聞き慣れたはずの一つの名を、柚木の耳は初めての名のように奇異に聞いた。

四章——もう一つの戦中

1

寺田武史は、昭和十四年夏頃に、足の負傷がもとで帰国している。日米戦争の始まる一年半前である。東京の自宅で、寺田は社会復帰のための訓練を続けたが、この一年半ほどの間に、鞘間邸を何度も訪れていることが、当時鞘間邸に女中奉公をしていた村野きぬの口からわかったのだった。

「松葉杖をついて中尉さんは、よく訪ねてこられました。奥様にピアノを教えにです」

寺田と鞘間の間に何かの繋がりがあると考えた柚木が、国立市にある村野家を訪ねると、きぬは、国立大学の正門が望める縁側に座ってそう答えた。当時、寺田は中尉であった。

「その時の二人の容子は……」

「それはよくわかりません。中尉さんがみえると、奥様は、私と倉持タネさんを共に外に出してしまわれましたから」

倉持タネというのがもう一人の老女中の名である。

「それは、どうしてですか」

「旦那様がこの非常時にピアノなどを習っていてはいけないとたしなめておいででしたから、こっそり練習なさっていたのだと思います。中尉さんが見えることも口留めされておりました」

「その間に何か変わったことは？」

「別に何も……ただ結局ピアノのことは、ご主人の耳に入ってしまい、一度〝日米戦争の決断を迫られているこの非常時にピアノなどで遊んでおるとは、それでも軍人の妻と言えるか〟と非道くお怒りになって軍刀をふり回されたことがあります。無口で温順しい方でしたが、ときどき癇癪を起こされると制めようのないこともありまして……私達なども些細なことで時々……」

これは「虚飾の鳥」の中にも書いた鞘間重毅の気性である。

寺田が来なくなったのは、昭和十六年、開戦の年の秋で、それからまもなくきぬは自分の事情で暇をとったので、以後のことはほとんど何も知らなかった。ただ戦中になってからもきぬは三度ほど鞘間邸に顔を見せている。三度目が昭和二十年三月の東京大空襲の二日前であった。この時は畑でとれた白菜をもっていったのだが、村野きぬは未だにこのことを後悔しているという。二日後、鞘間夫人はその白菜を墨田の実家に届けにいき、空襲にあって家族ごと死んだのである。焼死体はほぼ手だけが残った残酷なもので、夫鞘間重毅がその薬指の指環で妻だと知り、葬儀を出した話は、柚木自身が「虚飾の鳥」の中に哀れに書いた。

「奥様は若いのに私達にもいつも気を配って下さっていました。とてもいい方でしたから、私は暇をとりたくなかったのですけれども」

すり寄ってきた孫の頭を撫でながら、この時、ふと思い出したように、

「奥様の写真をおもちでしたね。他にもおもちでしたら一枚譲ってほしいのですが――」

「奥様？　鞘間夫人の写真ですか？」

「ええ、私、葬儀が済みまして、倉持さんに奥様の写真が欲しいと言ったのですけど、奥様が東京も危なくなったから身辺整理をしておきたいと言って、全部焼いてしまわれたと……先日、映画館でもっておられましたでしょう、奥様の写真」

どうやら玲蘭の写真のことを言っているようである。あれは別人だと告げると、

「そうですか、でもとても似てらっしゃったものだから……それに先生がおもちでしたから奥様の写真だとばかり」

あの時、村野きぬは逆さに見ていたから見間違えたのだろう。それに玲蘭は、女優の牧岡衣里子に似ている。牧岡衣里子の鞘間夫人役を見たばかりだったので、きぬには記憶の混乱があったのだろう――そうは思いながらも、村野家を辞した後も柚木には、きぬの言葉が気になった。念のために秋生に電話を入れて事情を語り、先日の写真を借りたいと言うと、秋生は恰度、先週、殉職した消防士の家族の取材で国立の方へ行くから、自分が直接、村野きぬを訪ねてみるという。

「間違いないようです。この写真の女が鞘間文香だというのは……こんなに似ている人がいるなら一度逢ってみたい、少し奥様より痩せてはいるし、化粧の感じは違うが、奥様が今も生き

ているようにさえ思えてくる――そう言うのです」

夜九時に訪ねてきた秋生は、怒ったような声をぶつけてきた。

「しかしこんな馬鹿なことが――この写真の女が玲蘭だということも間違いないんです」

玲蘭と鞘間文香、この二人に共通していることは一つだけある。共に過去に死んだことになっている点だ。だがこの一点以外は、玲蘭と鞘間夫人には、何一つ共通項がないのだ。

「玲蘭は中国人だし、鞘間文香は日本人だ」

「待って下さい。終戦前の玲蘭が本当に中国にいたかについては何の証拠もないのです。彼女がただ中国服を着、中国語を喋るというだけで、皆中国人だと決めていたのではないですか」

「いや、証拠はある――」

「どんな?」

「愛鈴だよ。間違いなく愛鈴は中国で生まれたのだ。寺田と一人の中国女性の間に――愛鈴に中国人の母親のかすかな記憶がある」

「それなら戦中、鞘間文香が中国に渡り、中国女性として暮していたとしたら……」

「それはない。私が『虚飾の鳥』を執筆した際の調査ではそんな事実はでてこなかったし、村野きぬも戦中、鞘間夫人が日本にいたことを証言している」

「すると、戦中、大陸と日本、この二つの遠く離れた国に別々の女が同じ顔をして生きていたというのですか――そんな偶然が」

「いや、もし……もしだよ、寺田武史が戦前、鞘間夫人を愛していたとすれば、ただの偶然ではなく、必然になると思うのだが」

一通の手紙と夾竹桃の花、そしてピアノ——表面上、鞘間文香と寺田武史を結びつけるものは目下この三つしかない。しかし、夫と親子ほど年齢の離れた若い女と、独身の男の間にそれよりもっと深い何かがあったとすれば……それが愛情だったとすれば、しかもそれが、不貞という戦前の日本では厳しく問われていた罪を、乗り超えるほどの烈しいものだったとすれば——大陸に渡った寺田が、鞘間文香を忘れられずにいたために、満州で偶然出遭った文香とよく似た一つの顔に溺れていったと考えても不自然ではない。

「しかし、そんな偶然が……」

「そうだね……ただこの写真の女が鞘間文香、つまり日本人だとすれば、君がわざと中国人らしく装っているといった推理はあたっていることになるが……」

柚木は、しばらく秋生を真似るように、写真の顔を見守っていたが、ふと思い出して、

「どうだね、十四文字の謎は少しは解けたかね。私も万由子もいろいろやってはみたが——」

秋生は首をふると、

「ただ、下の句の十四字が見つかれば、俳句、いや和歌の上の句に隠されているある殺人事件の動機と被害者の名が判明するのではないか、という気がするんですが」

まだ、写真の一つの顔を凝視しながら、疲れた声で言った。二人の、別人でなければならない女を重ね合わせた顔である。

2

三日後、柚木は、長野に住む倉持タネに電話を入れた。この鞘間邸に長年仕えていた老女中に、寺田武史について尋ねたかったのである。

確かに老女中は、寺田が夫人にピアノを教えに鞘間家を頻繁に訪れていた事実は認めたが、寺田については何も知らないと言う。その答え方が少し頑(かたく)なであった。やはり何かある。だいたい、この老女中は、柚木が「虚飾の鳥」執筆の件で会ったとき、夫人については大して語ることはないと言い、ピアノを習っていたことなど、わずかも触れなかったのである。寺田武史についても、また鞘間文香についても詳しく語ってはならない何かがあったのである。寺田の名を出すと同時に迷惑そうな声になったタネに、柚木はもう一つだけ、終戦の日に東京に降った夾竹桃の花のことで心当りはないかと尋ねた。

「終戦の二ヵ月前に長野に戻っておりましたから、何もお話しすることはございません」

冷やかな声で、倉持タネは電話を切った。

柚木は続いて、国立市の村野きぬに電話を入れ、同じことを尋ねた。戦前に鞘間邸を離れたきぬは勿論、終戦前後の鞘間邸の動静については何も知らなかったが、

「ただ、そういえば、こんなことが……」

と言った。昭和十六年の秋である。鞘間重毅が出かけたあと、夫人が〝誰がこんなことを――〟ときぬに問い質した。夫人の部屋の、朝の光が畳目に染みている真ん中に、浮かびあがるようにして夾竹桃が一枝置かれていた。夏も終わってもう無惨な残骸にすぎなくなった花をとりあげると、夫人は枝に糸で結ばれている紙片に目をとめ、不意に顔色を変え、〝何でもありません〟と言って庭におり、その花を紙片ごと焼いてしまったというのである。この時、夾竹桃には毒があるから畑に近寄ってはならないときぬに言ったという。きぬはそれ以前にも同じような注意を鞘間自身の口から聞いていた。鞘間は、昔自分の叔父が夾竹桃の枝を箸がわりにして物を食べ中毒を起こしたから、いくら花が綺麗でも気をつけた方がいいと、日頃から言っていたのだった。

村野きぬは、鞘間夫人が夾竹桃の枝とともに燃やした紙片に、外国文字が書かれていたかどうかは知らなかったが、この事実で、柚木は、終戦の日の夕刻、廃墟の都に贖罪の花を降らせたのが、大本営の隠れた基督教信者、鞘間重毅その人であることを確信した。

続いて、柚木は秋生の勤める局に電話を入れた。鞘間夫人が花を焼いた、と聞いて思い出したことがある。秋生は、先日から騒いでいる心臓移植手術に失敗し子供を死なせた医師の取材で外出中だったが、二時間後に、自分の方から連絡してきた。

柚木は、秋生に、小川玲子が九州のある田舎道で拾い、川に投げ棄てたのが、夾竹桃の花ではないかと尋ねた。秋生は一旦電話を切り、五分後にまた掛けてきた。資料室の図鑑を調べたが、ほぼ間違いないという。

これで、小川玲子が鞘間文香である可能性はさらに強くなった。夾竹桃の花——一つの毒の花をめぐって三人の男女がいる。鞘間文香、その夫重毅、そして寺田武史。この三人の関係が、柚木にもおぼろげにわかってきた。しかし、そのうちの一人、鞘間文香は、また、趙玲蘭という別人の女でもある。

この謎を解くために、柚木は、その日の夕刻、思いきって大塚の小川玲子の家を訪ねたのだった。

恰度、最後の生徒が帰るところだった。柚木が小さな門を潜るのと、女学生らしい娘が菜の花を手にして出てくるのとが同時だった。娘たちは、菜の花で顔を隠すようにして柚木の傍を通りぬけた。

しんとした奥にむかって、柚木は声をかけた。

奥からは何の返答もないので、もう一度声をかけようとしたとき、

「お上がり下さい」

声が響いてきた。柚木は不思議に思いながらも、靴を脱いだ。玄関続きに三畳ほどの部屋があり、その襖をあけると茶の間になり、その奥にもう一室六畳の部屋がある。小さな裏庭に面したその部屋の縁に、女は背を向けてひどく静かに座っている。京都で初めて遭ったときと同じ薄い藤色の着物を着て、角出しに結んだ帯の山には灰色と墨色が溶けあって波模様を流している。その背は既におり始めた夕靄にかすみかけている。

床の間には、菜の花が活けられ、部屋のまん中に座蒲団が敷かれている。

「どうぞ、そこにお掛け下さい。私はこのままで話させていただきます」

背を向けたままで女は言った。

「どうしてわかりましたか――私だと」

柚木が座りながら尋ねると、

「先生はとても透明な声をしてらっしゃいますから――初めて京都の裏通りで声をかけられたとき、私は神の声を聞いたと思いました」

「私はそんな立派なものではありませんよ」

柚木は答えた。女は、なぜ自分の居所がわかったか、尋ねようともしない。柚木が玄関からかけた声だけで、柚木がなぜ訪ねてきたかも、わかったようだった。いやむしろ、柚木が訪ねてくるのを、もう長い間待っていたかのようである。

「先生はこの前お渡しした私の手紙の嘘に気づかれたのでしょう」

やがて、女はひとり言のように呟いた。自分の内側にむけて語りかけているような声である。女の背は、庭におりた夕靄の色濃くなったあたりを眺めているようであった。

「なぜ、そう思われるのですか」

「そんな気がしておりましたの。いつか先生が私の罪を罰するために玄関に立つ日が来るって――」

「私は人間の罪を罰することができるほどの者ではありません。私は、ただあなたが誰かを知りたいだけです。あなたは趙玲蘭です。そう証言する人がいます。あなたはまた鞘間重毅夫人です。そう証言する人もいます。……あなたは私にくれた最初の手紙に、なぜこうも執拗に寺田武史の生涯を追い続けるのかと書いておられました。不思議な気がしました。私はまだ寺田武史の話を書き始めて間もなかったのです。あなたの意識の中には、『虚飾の鳥』があったのですね。あなたにとっては鞘間重毅を主人公にした『虚飾の鳥』も、寺田武史を主人公にした『無音の独奏』も一つの繋がった物語だったのです。私は運命のようなものを感じていますよ。私は偶然『虚飾の鳥』の第二部を書いていたのです。そしてまた瀬川先生は、偶然『虚飾の鳥』の映画に寺田武史の作曲した曲をつけてしまったのです……あなたは鞘間重毅夫人なのですね」

女の背は何も聞かなかったように静寂の中にあったが、やがて、

「先生は、私が今何をもっているか、おわかりでしょうか」

と尋ねた。柚木は首を振った。無言の返答を背で感じたように、

「私は今、剃刀をもっています……」

「…………」

「剃刀の刃を首にあてております……」

柚木は、はっとした。確かに首筋のあたりに、夕闇を弾いて薄い光が柚木の眼に映る。女が指をわずかに動かすだけで、命が血と共に流れ出すのだ。だが柚木は動かなかった。女の静寂は、柚木の意志までも黙らせていた。

「二人を殺したあと、私が今日まで生きてきたのは自分の命が惜しかったからではありません。

油壺から身を投げたとき、死ねたらいいと思いました。あの時、賭けていました。死ねたら、神が私の罪を宥(ゆる)して、安らかな死を与えて下さったのだと――死ねなかったら、神は私が、死よりも重い十字架を背負って生き続けるのを望まれたのだと。私は神の采配どおり、今日まで二十数年、ただ自分の犯した罪だけに苦しみながら生きて来たのです。でもいくら苦しんでも私の大きすぎる罪は宥されはしないでしょう……死ぬことは一度だって恐くはありませんでした。私は銀閣寺の門の前でも、女性ピアニストと会ったホテルの中庭でも、剃刀を手にしておりました」

柚木は、銀閣寺では女の片手が襟もとを掴むようにしていたこと、ホテルの庭では片手が袖の中に落ちていたことを思い出した。女はだから愛鈴の握手に応じられなかったのだ。

「この生き続けている地獄より……先生、このまま死なせて下さいますか」

柚木には、女がこの静かな背のまま、すぐにも刃を命に引く準備ができていることはわかっていた。だが柚木には、何故か制める気持ちが湧かなかった。自分も黙って静かに、その死を見ていればいいのだ、という気がした。女がただ苦しむことだけで生き続けてきたというのは本当であった。死への境界に立ちながら、わずかも動じることのない、ただ静かなこの背がその証拠だった。

柚木はただ黙って〝贖宥(しょくゆう)とは罪が許されることではない〟と言った二十数年前の友人の声を胸に響かせていた。女は決して許されることのない罪を、今日まで生き続けることで贖(あがな)ってきたのだ。しかし、それは神の采配であった。ただの人間である自分は、この女の望む安らかな死を与えてやってもいいのではないか——

　長い時間が過ぎた。やがて色濃くなった闇の底に物音が落ちた。女の手から剃刀が庭石へと落ちたらしかった。

「先生という方が、今、本当にわかりましたわ」

　女は吐息のような細い声で言った。

「何もかもお話しします。でもこの場所ではありません。ある場所——明日の午後四時そこに来ていただきます」

　柚木は、その場所を聞いた。「わかりました」と答えて立ちあがろうとしたときである。女は思い出したように、

「先生は、聖書の中のロトの妻のお話をご存知でしょうか」

　柚木は肯いた。ロトとは、神が悪徳の限りを尽したソドムとゴモラの町を滅ぼす前に、その町からたった一人逃がした男である。ロトは家族を引き連れ、決して後ろをふり返ってはならないという神の命令を守って山へ遁げたが、神のふらした硫黄と火で燃えあがり壊滅する町を、しかし途中でロトの妻だけがふり返り、ロトの妻は塩の柱となる——

「ロトの妻は、後をかえりみたれば塩の柱となりぬ……先生、私はロトの妻です」

　柚木は黙ってその家を出た。女の最後まで動かなかった背に、柚木は、滅びゆく背徳の町をふり返って塩の柱と化した一人の愚かな、哀れな妻の姿を感じていた。

3

帰宅すると、秋生が来ていた。局の帰りに寄ったという。秋生は万由子一人の家に無断で上がったことを詫びた。秋生は小川玲子が自分が玲蘭だと告白した手紙を手にしていた。それを無断で柚木の部屋から万由子に持ち出させたことも詫びると、

「実は、この手紙におかしなことが書かれていたことに気づいたんです」

「何だね――」

「愛鈴の年齢です。この玲蘭の告白によると愛鈴は日米開戦後一年半経ってから生まれたことになります。昭和十七年の夏に玲蘭と寺田は出遭ったのですから、早くとも昭和十八年の初めです。それから二年半経って終戦ですから、愛鈴は捨てられたとき、どう大きく見積もっても三歳以前だったのです――しかし、愛鈴にはかすかだが父母の記憶があるといいます。二歳何ヵ月かの子供が、たとえそれがどんな衝撃的な事件であれ、かすかにでも記憶に残すとは思えません。それに愛鈴が自分自身で四歳だったと言ったのでしょう。自分で四歳だとわかるだけの、つまり四歳の知恵があったわけです。僕は、終戦の年、愛鈴はまちがいなく四歳だったと思います」

「しかし、それだと矛盾するじゃないか。寺田が満州に発ったのは昭和十七年だ。それなのに

寺田はそれ以前に大陸で愛鈴を産むための行為をしたことになる」

「その矛盾を解く答えが一つだけあります」

「愛鈴の父親が寺田ではないと――」

「いいえ、まちがいなく愛鈴は寺田の子供です――こう考えればいいのです。愛鈴が生まれたのは終戦時四歳から逆算すれば昭和十六年です。すると寺田がある女性と関係をもったのは昭和十五、六年ということになりますね」

「しかし、その頃、寺田は日本にいた――」

「だから、愛鈴は日本で生まれたと考えればいいのです」

柚木は目を瞠（みは）った。

「すると、当時――戦前に玲蘭は日本にいたというのか」

「そうです。しかし当時はまだ中国人の趙玲蘭という女はこの世に存在しませんでした。一人の日本女性がいただけです」

「鞘間文香のことを言っているのか――だが鞘間夫人が当時子供をつくったなどということは聞いていない」

「先生は混乱しています。寺田との間に子供をつくった女性は鞘間夫人とは別の女です。――先生、みんな、とんでもない間違いをしていたのです。戦後の事件のことです。玲蘭が松本信子という一人の日本女性を殺したと――みなそう思っていました。しかし実際には、玲蘭が殺され、殺したのは玲蘭ではなかったのです。先生、松本信子が、玲蘭だったのですよ。玲蘭は、もともと松本信子という日本女性だったのです」

昭和十六年、あるいはその前の年、つまり戦前の日本に二つの愛が生まれた。一つは鞘間夫人と寺田武史の間に、もう一つはその寺田と松本信子の間に――おそらく寺田が本当に愛していたのは鞘間夫人だけだったろう。しかし鞘間重毅という大人物の妻との不貞の愛にはいつも、罪悪感の冷やかな間隙があった。そのすき間を埋めるために寺田は松本信子と関係を持った。しかし信子の方では寺田を、自分の人生と引き換えにできるほどに烈しく愛していたのだった。二人の間に子供が生まれ、まもなく出征した寺田が満州に移ったとわかると、信子は子供を抱いて大陸へ渡った。

「その大陸で松本信子は趙玲蘭という中国人になったのです、娘も愛鈴という名で共に――」

「なぜだね」

「おそらく寺田の日本には帰らない、この大陸で死ぬ、という決意を聞いたからだと思います。竜山の陸軍病院で、寺田は河原という男にやはり、その決意を語ったといいますね。それに大陸は死の戦場でした。寺田がこの地で死ぬと考えたときから、松本信子は自分も愛する男の果てるこの地で生涯を閉じる決意をしたのです」

だが、寺田は行き場所も告げず、まもなく満州を離れた。その地で言葉を学び、中国人として暮らしながら、信子はいつの日かまた寺田がその地に戻ってくる日を待ち続けた。たとえ戻ってこなくとも寺田はこの国で果てる。その遺体を探し出し、墓を守り続けるためにも、信子は中国人になる決心をした。

やがて、三年後の奇蹟的な再会――だがこの再会のとき戦争はもう終っていた。日本に戻るという寺田のために、信子は再び日本人として引き揚げ者の群れに混じった。大陸で玲蘭と名乗っていた女は、戦後の日本で、再び松本信子として暮し始めた。その戦後日本で寺田は鞘間文香と再会した。文香は、中国に玲蘭という架空の女性がいたことを知ると、ある事情で自分がその役を引き継ぐことにした。

「その事情というのは？」

「鞘間文香にとって、中国女に化けるのは、自分が生きていることを誰からも隠す格好の方法でした。それに僕は、寺田と再会した頃から既に鞘間文香には寺田を殺す計画があったのではないかと思います。中国人玲蘭として寺田を殺す、警察は中国人を探す、玲蘭は日本人に戻り、日本人として逃げる。警察が玲蘭をすぐに見つけ出せなかったのは、日本語の喋れない女を探したからです。実際には、玲蘭に化けた鞘間文香が口を利かなかったのは、中国語が喋れなかったからです」

「だが、玲蘭が中国語で松本信子と言い争っているのは何人かが聞いている」

「そう、しかし聞いているだけです。実際には中国語を喋っていたのは松本信子の方だったと思います。それを皆が誤解したのです、中国語だから玲蘭の方が喋っていると――」

「だがなぜ日本語を喋れる松本信子が中国語で――」

「それはわかりません。他にもわからないことはあります。鞘間文香に本当に早くから寺田を殺す決心があったならば、なぜ決行の日を三年も待ったのか――ただ、今の推察は少なくとも、二つの謎を解き明してくれます。小川玲子が、玲蘭であり鞘間文香であったわけ。つまり、三人が横浜に住みつき、この三人の物語の始まりだと皆が信じていた時点より前に、既に玲蘭、すなわち松本信子と鞘間文香のすり変えは行われていたのですから――それともう一つは、小川玲子が、先生に〝私の祖国と愛鈴の祖国は同じだ〟と言った意味です。小川玲子、すなわち鞘間文香は日本人です。すると愛鈴の祖国もまた日本だということになるでしょう？　父親だけでなく、母親もまた日本人だったのです――愛鈴は日本人なのです」

この秋生の推理があたっているなら、愛鈴は二度祖国を失ったことになる。物心つく前に何も知らず日本という祖国を棄て、育った中国というもう一つの祖国をも棄てたのである。

「二つも祖国を棄てるなんて――」

話の途中でお茶を運んできた万由子が、同じ気持なのか、そんなことを呟いた。秋生は、冷えたお茶をすすると、思い出したように、

「万由子さん、音符に—とか•とかの記号をつけることがありますか」

と聞いた。

「ええ。—の方は、その音を伸ばす印ね。•の方はスタッカートと、これは知っていると思うけど、符点と言って、音符につけると、その音符の一・五倍の長さになるわ。符点四分音符は、四分音符足すその半分の八分音符の長さね」

「それ以外にです」

万由子はしばらく考えこんでいたが、

「これは音符にではないけれど、音名にもつけるわ。音名っていうのは、ドレミファソラシのドがハ、レがニ……つまりハニホヘトイロね。基準になるドレミファソラシの音名には・を一つつけるの。それより一段階上の音名には・を二つ、一段階下は・がないの」

万由子は紙をもってきて、

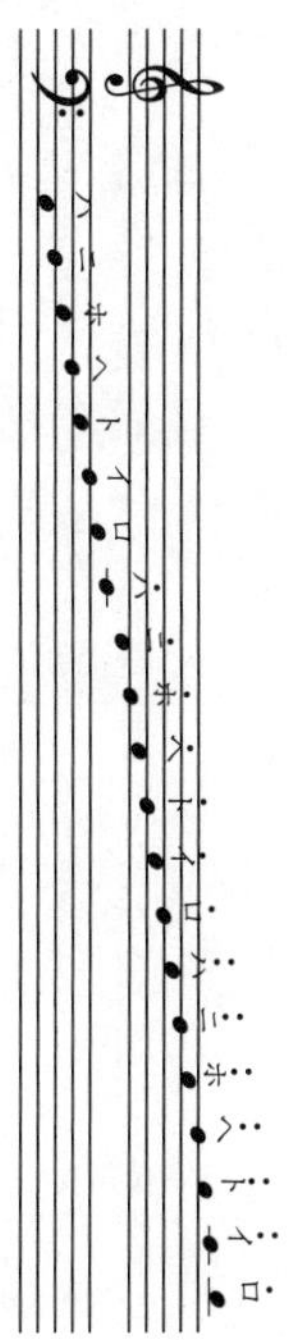

と書いた。
万由子は、じっと考えこんでいる秋生と共に、自分で書いたその表を眺めていたが、ふと、こんなことを呟いた。
「そう言えば、短歌の下の句は十四字でしょう?　ハニホヘトイロの音名、それからドレミファソラシの階名は七つずつだから、恰度(ちょうど)二段階分になるわね。つまり、ドからもう一オクターブ上のシまで……」

4

翌日三時になると、柚木は、約束の場所に出かける準備をした。

前夜、秋生の話を聞いてから、柚木は、ただひたすら考え続けていた。秋生の話が真相かどうかはわからない。だが、たしかに秋生の言う通り何かが、愛欲のもつれだけではない、もっと奥深い何かがあの戦後の事件にはある。その何かが四人の男女の運命を狂わせたのだ。それに追われて、一人の男は死の戦場を求めて大陸をさまよい、一人の女は、殺人を犯し、その後の人生を死よりも重い十字架を背負って生き続け、一人の女は名もない売春婦として果て、もう一人の男は、戦犯として逮捕されることになった朝、全ての敗北を認めて自害したのである――

柚木は万由子にも何も告げずに家を出た。

九段下(くだんした)で地下鉄を降り、坂を上ると靖国神社の鳥居を潜った。今朝から降り始めた小雨が、霞(かすみ)のように、社殿へ続く、広い参道を静かに濡らしている。低く垂れこめた雨雲が、参道の両端に続く並木の銀杏(いちょう)の葉から色を奪っている。

社殿の手前を右に折れると、煉瓦(れんが)造りの西洋館が建っている。青銅の屋根が、雨雲の下にひろがっている。神社の宝物館である。

入口から入ると、そこはホールのようになっており、奥に二階の陳列室へ上る階段がある。踏み入れると同時に柚木の足は停まった。

じっとりと雨の色を帯びた薄闇の広間の半分ほどを占めて、人間魚雷が置かれている。海底から引き揚げたものだろう、二十数年前、現実にその中で果てた一人の若者の魂を包んで錆びた鉄の膚は、赤褐色に爛れていた。

柚木は背筋に寒いものを覚えた。敵艦に体当りする間際の、若者の心臓の動悸までが生々しく聞こえてくるようであった。

小川玲子は、礼服のような墨色の着物姿で、その魚雷の陰に立っていた。

丁寧に頭を垂げると、女は何も言わず二階への階段を上った。陳列室には、戦死者の遺品が飾られている。兵士の身装品、勲章、特攻隊員が家族にあてた手紙、日記、遺書――かすかな雨音が、それらの死の記念品を暗く覆っている。壁には日の丸の鉢巻きをした出陣学徒が大声で叫んでいる写真がかけてある。その少年は死を叫んでいるのだ。目も死だけを見ている。悲痛な声が薄暗い部屋中に反響するようで、柚木は気分が重くなった。これらの品を残した者たちと、自分は同じ時代を生きたのである。

ガラスケースに沿って、静かに歩いていた女は、足を止めると一点に目を注いだ。日清日露戦争時からのさまざまな銃をおさめたケースである。女が視線を垂らしているのは一丁の軍用銃で、〝某軍人の愛用銃〟と書かれていた。

銃身が黒く、錆びついている。この死の記憶で埋まった部屋では、その銃身もまた生々しく現実の死に向けて突き出されている。

「鞘間重毅が自害した拳銃です」

女の声が、その銃にふりかかった。

「M・Pが押収したのを、私は当時の首脳部のある方に頼んで貰い受け、この銃で寺田を射殺しました。その方はもう亡くなられましたが、すべてを話してあります。寺田を殺した後、私の希望を聞いて、この建物ができた時、ここに納めて下さったのです。これを見ていただきたかったのです」

「一つ聞きたいことがあります。あなたが寺田武史を殺害した現場に残した銃ですが」

「私はただ何も知らなかっただけです。弾丸から銃の種類がわかるなんて……私は他の銃を落としておけば、警察ではその銃を凶器だと考えてくれると思っていたのです。私が使った銃が鞘間のものだということだけは絶対に知られてはなりませんでした」

柚木は女について灯の薄い、暗い廊下に出た。

「私は、本当に何も知らないのです。父親ほど齢の離れた男のもとに嫁いだとき、私はまだ十八の娘だったのです。その男との結婚生活も、まるで父親の膝下におかれた一人娘のようなものでした」

女はそう言うと、胸もとから、この前と同じように一通の封書を出した。表には柚木の名と住所が書かれ、切手まで貼られている。

女はそれを、裏に返した。

――鞘間文香

墨字が、静かに封書の和紙に染みている。

その名が告白のすべてだというように、女はしばらく柚木から目を動かさなかったが、

「今朝までに全てを整理しました。今から東京を離れます。寺田に出遭った昭和十五年から今日までのことはここに書いておきました。今度は何一つ嘘もなく東京駅で投函いたします。先生には東京を離れてから、読んでいただきたいのです。わかっていただけますね」

柚木はゆっくりと肯いた。

二人は、宝物館を出た。参道に戻ったところで女はふり返った。

「一つだけお話ししておきます。私は、あの年の降誕祭前夜(クリスマス・イヴ)に寺田を射殺しました。――本当はその前日のうちに殺したかったのですが、寺田と二人きりになる機会がなかったので仕方なく一日延ばしました。前日の十二月二十三日――その日にすべての意味がありました」

女は謎のような言葉を残すと、頭を垂げ、背を向けて歩き出した。

薄い雨と夕靄を暗く重ねた中を、女は傘もささずに歩いていく。

これでこの女性とは最後になるだろうと思ったが、柚木は境内に佇(たたず)んで、黙ってその背を見送った。

雨のせいか、参道には、ほとんど人影がない。女は雨に霞んで小さな影になった後も、まだ続く鳥居までの長い参道を歩き続けていく。

その長い道のりを、今後も女は、罪の重みに苦しみながら生き続けていくだろう。

女の足どりに、柚木はやはり葬送の曲を聞いた。

5

秋生から電話が掛ったのは、その晩の十時であった。お話ししたいことがあるが、今から訪ねていってもいいか、という。声が緊張している。

秋生は三十分後、タクシーで飛んできた。

居間に座ると同時に、もっていた数枚の紙をテーブルに置き、

「やっとわかりました」

と呟いた。愕(おどろ)いている柚木と万由子の顔を疲れた目でぼんやり見返していたが、

「わかったのです、短歌の下の句が……」

自分でもまだ信じられないのか、少し放心したような声である。

秋生は、まず一枚の紙を渡した。

「これが〝九つの花〟の主題部の前半です。瀬川先生が言った通り、十六音です」

「音符の上の―や・の記号は？」

万由子が聞いた。

「〝九つの花〟という題名を寺田はフランス語で書いていますね。そしてネフ・フロと片仮名をうっています。フランス語のわかる友人に聞くと、確かにネフ・フロと聞こえないこともないのでおかしくはないのですが、〝九つの花〟という題名自体の意味がわからないし、片仮名の読みまで書きこんであるのが少し不自然でした。それでネフ・フロを、ＳＯＳで使われていたようにモールス符号に直したのです。こうです。―（ツー）―・（トン）―――・・――・・・―・―、ツーとトン合わせて、全部で十六です。偶然とは思えなかったので、主題の十六音に重ねてみたのです」

「こうすると、テヌートやスタッカートが音符について伸ばしたりはじいたりして弾くみたいに見えるわ」

「それとは違います。昨日、万由子さんに聞いたように、・だけをとりだして下に書いた音名に打ってみるんです」

ハイイ̇トイイロ̇ホ̇ロヘハ̇ヘ̇ニ̇ニト̇ホ

「万由子さん、この音名を順に五線に書きこんでみて下さい」

万由子は言われたとおり一つ一つの音を拾った。

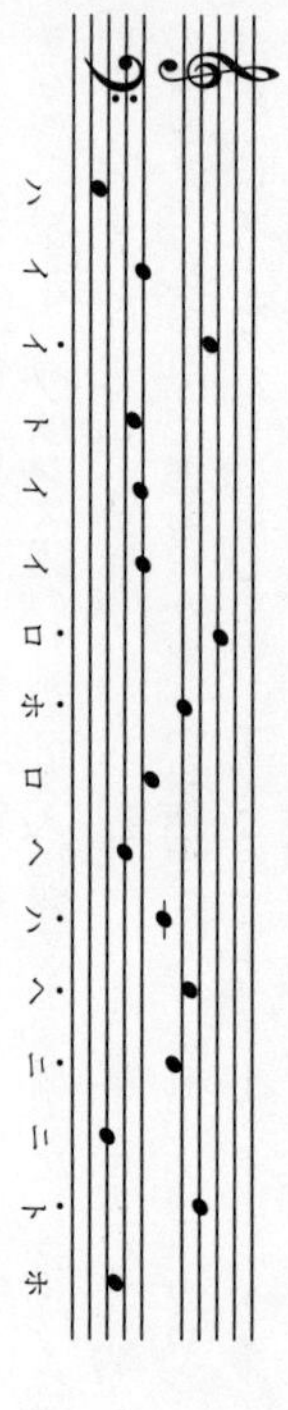

「これではとてもおかしな曲になるわね」

「そうです。だから寺田は曲として体裁が整うようにモールス符号と音名につける符点を利用したんです。それとももう一つ、寺田には短歌の下の句を誰にも知られたくない気持があったんです——だから複雑にしたんですよ」

「しかし、誰にもわからなければ、つくった意味がないが——」

「寺田は賭けていたのだと思います。ある事実を絶対誰にも知られてはならなかった。しかし反面それに苦しんでいた寺田は、この複雑な暗号で、三つの楽譜をつくり、それをしかもばらばらに分けて、何人かの人達に残そうとしたのです。山田治雄の指と愛鈴の楽譜に残した葬送のメロディ、鈴田弘志への〝九つの花〟――SOSの楽譜は、おそらく鞘間重毅に届けてくれといった封筒の中に入っていたと思います。葬送の楽譜、それに〝九つの花〟〝SOS〟もう一つ〝落葉〟の詩は、寺田が竜山の陸軍病院にいた段階で既に四つとも誰か四人の人物に遺されたのだと思います。そのうち直接、僕たちが手に入れたのは鈴田弘志に託されたものだけで、〝SOS〟と〝落葉〟は内地に戻った彼が再び自分で書いて遺したもの――葬送の曲は、ソ連との戦闘前夜、寺田が初めて山田治雄の指と愛鈴への形見に遺したものが、伝わったのです。ともかく寺田の死後二十年経って、やっと三つの楽譜と一つの詩は、運命的に一箇所に揃ったのですね。寺田はその運命に賭けていたのです。短歌に隠された秘密が後世に伝わるかどうか、運命の采配にまかせたのです」

　秋生は一息つくと、万由子が書いた五線紙の下の音名だけを改めて書きだし、さらに二列の字をつけ加えた。

ハ㋑イト㋑㋑ロホロヘハヘニニトホ
ふちとびなちき、はわおちばめれか　(A)
か㋤れし㋤㋤わ、おきはこくめとだ　(B)

〝落葉〟の詩からとりだした二種の十六字である。

「正しい方はBのようです」

「なぜ？」

「Bには〝な〟の字が三度出てきますね。それに対する音名を拾うと三つとも〝イ〟になるでしょう？　しかも〝イ〟の二つを取り去ると、残り十四は一つも重なることなく、ハニホヘトイロ、・つきで・ハ・ニ・ホ・ヘ・ト・イ・ロとなるんです。昨日万由子さんが言った通りハから一段上の・ロまで七の二倍の十四音――」

音楽に馴染んでいる万由子には、秋生の言いたいことがわかってきたようである。

「〝九つの花〟はイ短調なのにハ長調と指示があるので変だと瀬川先生が言ってたわね。ハニホヘトイロは階名に直すとハ長調のドレミファソラシだわ――それを使ってBの十六字を並べかえられそうね」

秋生はうなずいた。

「それをやってみました」

秋生は一枚の紙を見せた。

ド	レ	ミ	ファ	ソ	ラ	シ	・ド	・レ	・ミ	・ファ	・ソ	・ラ	・シ
ハ	ニ	ホ	ヘ	ト	イ	ロ	・ハ	・ニ	・ホ	・ヘ	・ト	・イ	・ロ
1	2	3	4	5	6	7	8	9	10	11	12	13	14

「この数表に合わせると――」

ハ イ イ ト イ イ ロ ホ ロ ヘ ハ ヘ ニ ニ ト ホ
1 6 13 5 6 6 14 10 7 4 8 11 9 2 12 3
か な れ し な な わ ゝ お さ は こ く め と だ

「この数字によって十六字を並べていくと――」

秋生は紙に次のように書いて十四字にするために〝な〟が続く箇所の二字を消した。


かめださしな~~なな~~おはくゝことれわ

「しかし何の意味にもなっていないが――」

「逆から読むんです」

柚木は言われたとおり下から声を出して読んだ。

「われとこゝくはおなしさだめか……」

柚木はあっと声を挙げた。

秋生がそれを漢字をまじえて紙に記した。

我と故国は同じ運命か——

柚木も万由子も息を呑んでその下の句を見守った。

秋生も今初めて、それを解いたというように驚いた顔で目を自分が書いた文字に釘づけにしている。

「滅びゆく故国と共に自分も滅んでゆく、という意味だろうか」

「そうです。日本が敗戦への最後の一段を下りきる間際に、死を決意した男によって謳われたものですから——しかし下の句にはもっと別の意味があります」

「というと？」

「上の句で故意に伏せられていた二語——何かをもての動機の三字、誰かを殺せしの被害者の二字が下の句に出てくるのです」

柚木は、秋生を睨みつけるように見つめながら、次の言葉を待った。

「〝我〟と〝故国〟です。恰度二字と三字になりますから。つまり、一つの殺人事件の動機と、被害者の名がわかったわけです。いや、この場合の〝何かをもて〟の〝もて〟は動機というより〝によって〟という殺人方法の意味だと思いますが——こうなんです。その殺人事件の被害者は〝我〟つまり寺田武史、方法は〝故国〟——」

柚木は、まだ秋生の言いたいことがよくわからないまま、

「だがその事件の犯人——殺せし人が誰かはわからないだろう？」

「いいえ、最初からわかっていたのです。短歌の上の句が出てきたモールス信号の曲がありましたね。あの題名は、被害者寺田武史が犯人に救いを求める救助信号の意味もあったでしょうが、犯人の名前でもありました。先生——鞘間重毅は、カソリック教徒で洗礼名をもっていましたね」

「オバデヤ——聖書の預言者の名だが……」

「つまり、SOSとは、シゲヨシ・オバデヤ・サヤマの頭文字だったんです。その殺人事件の犯人は鞘間重毅でした」

「だが、その殺人事件というのは一体、何なんだ——寺田武史は鞘間重毅に殺されたのではない」

「そうです。寺田武史を殺すことはできなかった、その意味では事件は未遂に終わりました……鞘間はその失敗のために自殺し、その意を受け継いで、戦後鞘間夫人が、寺田を殺したのです。

先生、寺田がピアノの音で詠んだ短歌はこうでしょう——〝故国もて我を殺せし人ありき我と故国は同じ運命か〟。この歌が語っているのは当時誰も気づかなかった一つの殺人事件です」

万由子がわからないと訴えるように首を振った。

「いいえ、誰もがその事件のことを知っていました。ただ誰も、それが一つの殺人事件だったことに気づいていないだけです。万由子さん、あなただって知っている。皆が——日本中の、いや世界中の皆が知っています。当時日本にいた誰もが……現在の国民の誰もが……」

秋生は暗い目を少し伏せながらこう呟いた。

「その殺人事件とは、大東亜戦争のことです」

柚木は怒りに似た声を思わず吐き出していた。秋生は静かに首を振った。

「馬鹿な！」

「無差別殺人というのを御存知でしょう。手当り次第に人を殺すという――鞘間もそれをやったのです。たった一人を殺すために、一億人の無差別殺人に踏みきったのです。先生、僕はこの前、火事で殉職した消防士の取材をしました。それはもちろん単なる事故でしたが、しかし、消防士を殺害する意図をもった者は火事を起こそうとするかもしれません。これは確率的には非常に小さいものですが、たとえば先日の医師が手術に失敗して患者を殺してしまった事件です。これもその医師の責任ではなかったのですが、しかし患者を殺害する意図をもった医師なら手術をおこなって失敗したふりを装えばいい、という考え方はできますね。それと同じように軍人を殺害したいなら、戦争を起こせばいいのではありませんか――鞘間は軍部の最上層にいて、自分は戦場に立たずに、寺田武史を戦場に立たせることができたのです、戦争が起こりさえすれば……しかも誰にも気づかれずに済む完全な方法です、自分は堂々一億人の国民の前にその方法を提示しながら、誰一人気づくものはないのですから。もし日本で寺田を自分の手で殺害すれば、警察機関は、寺田の軍人でない部分、つまり一個人、一人の男としての部分を重視するでしょう。鞘間にとって寺田が、一人の男として殺されたとわかることは非常に不都合なことでした。寺田武史が一人の男として戦前の日本で何をしていたか――それこそが鞘間重毅が寺田を殺そうとした動機だったのですから」

寺田武史と若い鞘間夫人がピアノの練習を装って鞘間邸のしんと静まり返った一室で何をしていたか、それはもう柚木も知っていることだった。柚木は、村野きぬが、旦那様が奥様にむかって軍刀をふり回した、と言ったのを思い出した。おそらくその前後に鞘間は妻と寺田の関係を知ったのであろう。若い寺田武史への嫉妬、妻の父親ほどの年齢である鞘間には、妻と同じほどの年齢である寺田の、その若さが許せなかっただろう。若き妻への妄執、憎悪、老人特有の僻みに似た独占欲、偽善者が必ず裏に隠しもっている利己心、妻の若さに見放された年老いた夫の悲哀、それらの感情を、鞘間のような、軍部では大人物の仮面をかぶりながら、その下に、小心で、女中の些細な粗相にも青筋をたてて怒るほどの、腺病質な顔を隠しもった男が、どんな風にくすぶらせ歪めていったか、容易に想像できる。そして、その歪んだ感情をどんな風に殺意へと捻ったか――おそらく鞘間という男は、家庭で一人の男に戻ったときには、わずかな妻のふるまいや言動にも年老いた自分が嫌われていはしまいかと悩む、小心翼々とした男だったのではないか。その鞘間が若い妻の不貞を知ったとき、不貞の相手を殺そうとまで思いつめたことは充分に想像できる。だがしかし――

「寺田武史は軍人でした。そして開戦直前の日本では、彼がピアニストであることより何より軍人であることは大きな意味をもっていたはずです。鞘間の目はその頃から寺田の中の軍人の部分に集中していったと思います。寺田の軍服が、星の数が、勲章が、銃剣が、軍靴が、鞘間の目には今までと違った重要な意味で映じるようになったのです。軍人としてなら簡単に殺せる、戦場に立たせさえすればいいのだ、脚の癒った寺田を戦場に再び立たせる方法——それが開戦でした」

「たった一人、寺田武史を殺害するためにあの戦争が起こったというのか——だがしかし開戦を決めたのは鞘間重毅一人ではない。開戦は会議によって多くの人々の意見で決定されたのだ。鞘間がいなくともどのみち、あの戦争は起こったのだ」

「僕が言っているのは鞘間の考え方です。鞘間が一個人として、開戦の意味をどう考えていたかです。もちろん鞘間重毅とて軍部の上に立っていた一角の人物です。さまざまな事情を考え、さまざまな識者の意見を聞き、今の日本にとっては開戦が最も妥当な決断だと考えたのかもしれません。しかしその気持のどこかに、一人の若い男を軍人として見つめている目があったとすれば、妻の心と躰を奪った男が軍人として戦場で敵兵の銃弾に倒れる姿を想像するわずかな邪心があったとすれば……軍部の他の人達にとってはあくまで国同士の戦争であっても、鞘間重毅一個人にとっては、それは一つの殺人事件だった、という考え方もできる筈です。——それに鞘間重毅が何故直前になって非戦論から開戦論へ意見を翻したかは、太平洋戦史の隠された謎となっています。先生は、『虚飾の鳥』で鞘間の一羽のカラスに似た性格を掘りさげ、一つの答えを出しました。しかしこれも一つの答えだと思います、彼が、非戦論から突如開戦論に転向していった気持のどこかに一人の軍人への殺意が潜んでいたと——時期的に見ても彼が開戦論に変わる頃に、妻と寺田武史の間にそれが起こっているのです。それに先生、先生自身が『虚飾の島』に書かれています。鞘間重毅は軍部の陰にいた人物だが、陰で開戦の決定には大きな力をもった男だったと」

「しかし、鞘間に本当にそんな気持があったとしても、寺田を戦場に立たせるには別の方法があったはずだ。日米開戦に踏みきらずとも当時、日中戦争がもう何年目かに入っていた。大陸は日米開戦を待たずとも既に戦場だった——現に寺田自身が太平洋戦争以前に二度大陸へ渡っている」

「日中戦争は当時、泥沼の様相を呈していました。収拾案も出ていたのでしょう？　昭和十六年十二月八日は日本と米国が戦争を始めたという意味だけではなかった筈です。大東亜戦争とも呼ばれているように、それは大東亜圏全体を巻きこんだ戦争です。もし日本が米国との戦争をやめていたら、日中戦争も終結の方向にむかったと思います。大陸も含めて大東亜圏に新たな戦火を燃えあがらせること、それが開戦決定の意味だったのです。鞘間はその激烈な戦火で一人の若き男の軍服を焼こうとしたのです」

柚木は、黙ってうな垂れていたが、やがてうな垂れたまま首を振った。

「やはり信じられん。たとえ鞘間がどんな卑劣な男だとしても、当時一国の上層部にいた者が、わずかでも私怨を混じえて開戦の決定に参与したというのは——一億人全部を巻き添えにするかもしれない戦争を、たった一人の男を殺すために起こそうという気持がわずかでもあったということは——」

「そうでしょうか」

秋生は伏せていた目を、ゆっくりと柚木の顔にあげた。

「戦争というのは人の命を無視して行われるものです。国を広げるために、国の力を増すために、国を守るために、その国に住む人々の命を無視して起こされるものです」

秋生の口から不意に烈しい声が流れ出した。

「当時、開戦に賛同した軍部の中に、一人でも、人一人の命がどんなに重要な意味をもっているか真剣に考える者がいたなら、あの戦争は起こらずに済んだでしょう。あの戦争に不景気や暗い社会情勢を打開する意味があったことは知っています。戦前たくさんの人々がその暗い世相の犠牲になり、苦しんでいたことも――しかし、それ以上の多くの犠牲を、苦しみを、死を支払ったあの戦争の意味とはいったい何だったのですか。国のため――国を愛するから――愛鈴が最後の記者会見で言いましたね。〝私はこの国を、この国の人々を愛している〟と。祖国を失った愛鈴にはわかっていたのです。国を愛するということは、その国の人々を愛することだということが――その人々の命を愛することだということが。南洋の島で首まで泥沼に浸ってそれでも死にきれずに、殺してくれと訴えていた兵士たちの地獄絵を、密林で飢え果てて生きたまま骨になっていった者たちの惨状を、沖縄で本土を守る盾にされて生きながら火に焼かれた人々の苦しみを、終戦の決定がなされてからも無益な死に飛び立っていった隊員たちの命の最後の鼓動を、わずかでも顧りみようとし、見つめようとし、聞こうとした人間が大本営にいたとすれば……軍部は自分達の面子(メンツ)にかけて戦争を起こさなければならないと考えたのです。面子――そんな馬鹿馬鹿しい動機に一億人の命が巻き添えにされようとしたのです。鞘間の抱いた一人の男への殺意が、そんな馬鹿げた動機と違いがあるというのですか。戦争自体が一億人を犠牲にしようとした無差別殺人だったのではありませんか」

柚木は、ただうな垂れて秋生の声を聞いていた。秋生が軍部にぶつける怒りの声は、そのまま、柚木自身への声でもあった。柚木はまた、終戦の日、疎開先の納屋で、妻の背が思いもかけず吐き出した怒りの声を思い出した。

――こんなにたくさんの人が死ぬ前に、なぜもっと早くに……

あの声も自分に向けられたものだったのかもしれない。柚木は戦争を憎んでいた。だが、胸中の怒りの声を何一つ口に出さず、戦争という運命に何一つ抵抗しようとしなかった自分も、また無言の開戦論を唱えていたことになるのかもしれない。戦争を歴史の宿命のように考えていた。だが本当にそうだったのだろうか。人間が歴史をつくり出すものなら、戦争もまた人間のつくり出すものではないのか――

秋生の考えはあたっているのかもしれない。決して許されることのない罪を、生の苦しみで償い続けている女――あの女のそれほどの大罪というのがこの一つの殺人事件のことだったとすれば……死に場所を求めて戦場をさまよった一人の男、その男に死を願望させたのが、自分のために一億人の命を犠牲にした途方もない罪の呵責だったとすれば……

柚木はこの時、やっと女が言った昭和二十三年の十二月二十三日という日付の意味に思い当った。その日の午前零時、東京裁判の結果、有罪と宣告された七人のA級戦犯が巣鴨で処刑されているのだ。一人の女の銃声には、それと同じ処刑の意味があったのではないか――処刑された七人の中には真実、戦争責任を問われるべきではない人物もいた。その人物などより、軍部の一重要人物が開戦論に傾く動機となった一人の男の方が、遙かに戦争責任を問われるべきではなかったのか――

「鞘間重毅は一人の男を殺すために戦争という名の殺戮に踏みきりながら、結果としては、その一人の男を殺せぬまま終戦を迎えたのです。寺田が生きて故国に戻ったことを知り、今度は逆に自分が戦犯として逮捕されることを知ったとき――自分で自分の首を絞めるように、自分が起こした殺人事件の被害者として自分が選ばれたことを知ったとき、全ての敗北を認めて自害したのです。遺書に残された〝私は歴史だ〟という言葉は〝自分は一人の男への殺意で歴史をつくり変えた〟という一殺人犯の告白だったのではないでしょうか」

五章――ある歴史

――私にとって、昭和二十年八月十五日は一人の少年の死でした。

少年はあの日の夜になってまもなく、両手に花のようなものをいっぱい抱いて、私があの頃隠れ住んでいた崩れかけの防空壕に迷いこんできたのです。少年は暗い片隅に、飢えと病で死にかけている一人の見すぼらしい女を見つけました。熱に魘されていた私は、少年が〝おばさん、おばさん〟と心配そうに呼びかける声しか憶えていませんでした――私が意識をとり戻したとき、少年は朝の光に手をさし伸べるようにして、小さく、本当に小さくなって死んでいたのです。壕の隅に焚火の跡が残っていました。私が譫言で〝冷たい、冷たい〟と叫ぶので、少年は真夏なのにその火を焚いてくれたのです。本当にあの頃の私には、飢えよりも寒さ、凍りつくような冷たさしかありませんでしたから。でも私にはその痩せ細った少年よりは生きぬく力が残っていたのです。少年だけがその烟を吸って死んだのですから。防空壕には火にくべられなかった夾竹桃の花が残っていました。私は躰をひきずるようにして防空壕から這い出すと、焼け跡のあちこちにその花を見つけました。その花と結ばれた紙に記された贖罪の文字とを……すぐに鞘間だとわかりました。開戦三ヵ月前の秋、私と寺田の関係を知った鞘間は、それと同じ花と文字で、私に自害を――死の贖罪を迫ったのですから。鞘間は私が生きていることを知っていたのだ、私が三月の大空襲の際、赤の他人の焼死体の指に指環をはめたことを知っていたのだと思いました。廃墟と化した都のまだどこかに妻が生きている――そう思った鞘間は、私だけがその意味のわかる死の花を廃墟の空に降らせ、私に自害の最後の機会を与えようとしたのでした。

時代は終戦を告げたのに、朝の光は前日と変わりなく注ぎ続け、その片隅で花はもう萎れかけていました。私は醜く姿を変えた花に、四年前の夫の目を思い出してその場に立ち尽していました。四年前の秋、倉持タネという老女中の口から私と寺田の関係を知らされた鞘間は、私を自分の前に座らせ、ただ無言のまま暗い目で私を見続けたのです。その時、鞘間は、「自分の叔父は夾竹桃の毒で死んだ。葉や枝に毒があって燃やした烟を吸って死んだ人もいるとか聞いた」ふと思い出したようにそう口にしただけで、私にはその意味がよくわからなかったのですが、数日が経ったある朝、私の部屋の畳の上に花の一枝が異国文字を記した紙とともに投げだされているのを見て、やっと鞘間の真意を悟ったのです。夫は私が贖罪のために自ら命を絶つことを要求していたのです。

その後も箪笥の片隅に、机の上に、茶道具の中に、私は花の枝を見つけました。秋が深まるにつれて枝は葉も喪い、春になると再び葉を、夏には花を蘇らせ……結局その後四年近く、私が空襲で死を装うまで、鞘間は邸内のあちこちに、私以外の誰の目も触れない場所にその枝を置き続けたのです。鞘間は時に激情に駆られ、軍刀をふり回したり、命ぎり私を殴りつけたりしましたが、私は鞘間が自らの手で私を殺す勇気などない男だと知っていましたので、そんな際、恐ろしいと思ったことはありません。怒り狂い歪みきった顔よりも、私は時々部屋の隅に見つける花の枝の無言の中に、夫のもっと恐ろしい殺意を、死の要求を感じとっていました。

鞘間は私が自害するのに夾竹桃の毒を使うのを望んでいたわけではないでしょう。その花に無言のうちに秘められている〝死〟という言葉を私に聞かせ、自害を要求し続けたのです。そうして、終戦のその日、大空襲での私の死を信じられずにいた鞘間は、焼け跡のどこかにまだ生き残っているはずの私に、ただ一人私にだけ、その言葉を伝えるために夾竹桃の花と免罪符を撒いたのでした。四年が過ぎ日本は敗滅へと追いつめられ、また嫉妬に狂った一人の男もとうとう狂気にまで追いつめられていたのです。

終戦の日、降った真紅の花に潜んだ〝死〟という言葉を、鞘間の殺意を吸って本当に死んだのは、しかし私ではなく、名も知らぬ一人の少年でした。私は小さく口を開いている少年の死に顔を眺めながら、この時、戦前私と寺田とが犯した罪の大きさを――あの開戦の年の夏、死の花が窓いっぱいに咲き誇っていた部屋で錠をしっかりとおろし、二人の指が奏でた音色の暗い罪の響きを、その曲が一億人の人々の命を葬むるための葬送行進曲であったことを改めて感じておりました。

終戦の日のあの巨大な廃墟の都は、鞘間が私を、死に追いつめようとした最後の現場でした。

八月十五日、戦争は終わりました。

しかし人の言う終戦は、私には何の意味もないことでした。

私の戦争はまだ終ってはいなかったのです。

鞘間が選んだもう一つの現場が大陸でした。

内地に戻ってからの寺田は、大陸でのことを何一つ口にしませんでしたが、その暗い目や荒んだ声や、獣のように私を求める左手や、なにより右腕がないためにいつも少し傾いた肩の線で、寺田も大陸で、私と同じことを考えていたに違いないと思いました。勿論戦争を起こしたのは鞘間一人ではありません。しかし開戦決定の何十分の一かにでも、鞘間の、一人の軍人を戦場という現場に立たせたいという意志が潜んでいたとすれば……私はそう考えざるを得ませんでした。私は寺田に抱かれながらも窓いっぱいに真っ赤な炎を燃えあがらせている死の花だけを見つめていた女です。私は、寺田の躰を、罪の躰を吸ったこの膚で何より、それが間違いないことを知っていました。真珠湾攻撃の日からまもなく、鞘間が、「寺田君が明日戦地に発つよ」と何気なく言ったとき、愚かにもその時になって初めて私はあの日から鞘間がなぜ突如開戦論を唱え始めたのか、気づいたのでした。何気ない顔の、しかし目の奥で私をじっと窺いながら嘲笑っているもう一つの顔がありました。基督を装った下のもう一つの顔……

翌日、私は寺田の出発する駅へと出かけました。ホームの人ごみのむこうに寺田の顔を見つけ、寺田も私に気づくと小さく手で敬礼しましたが、すぐに横をむきました。寺田は自分が一つの現場に送りこまれることを知っているのだと思いました。既に死だけを見つめている寺田の横顔に、ホームを埋めつくしている人々に、私は何かを叫びたかったのですが、叫び声は喉もとで凍りつき、私はただ放心したように人ごみに揉まれていただけでした。軍用列車の窓に群がった無数の顔――あの列車はたった一人の男のために死に向かって走り出したのです。

そしてその列車と共に私もまた、罪の恐ろしい呵責に繫った今日まで三十年近い人生に旅立ったのでした。

寺田と再会したのは、戦前寺田の家があった辺りです。私はその近くの防空壕に住みついていました。寺田が生還すれば必ずそこを訪れてくると思っていたのです。霙まじりの冷たい雨の中で、寺田は焼跡のどこが、かつて自分の住んでいた場所なのかわからず、傍を通りかかった私に尋ねようとしたのです。びしょ濡れの復員服に身を包んだ男の口から「寺田の家――」という言葉が出るまで、私にはそれが誰であるかわかりませんでした。額に長く伸ばした髪と、暗い目と卑しく歪んだ唇と削りとられたような頰で、私が一度も出遭ったことのない男のように見えました。

偶然そこは私たちが初めて出遭った伯爵邸が遠く見える場所でした。十八歳で嫁ぎ、父親のような夫に錠をおろされた小さな世界だけで暮していた私は、夫に初めて連れていかれた伯爵邸の晩餐会で熱っぽくピアノを叩いていた一人の男の横顔に、そのピアノの音色に、蒼ざめるほどの感動を覚えてしまったのです。私は夫に、「退屈だからピアノを習いたい」とねだり、夫の許しが出ると、ただもう小娘のように胸をときめかせ、決められた日に寺田がやってくるのを、その指が奏でる美しい音色を待ち続けたのです。いいえ、実際私は、運命が胸につけてしまった火を消す術も知らずにいた、ただの幼ない少女でした。鞘間もまた、ただの小娘がむら気を起こした位にしか考えなかったのでしょう、「それなら寺田君に頼んでやるよ」私が言わずとも自分からその名を口にしたのでした。

私の人生の一夜を初めて夢の色で包みこんだあの伯爵邸も今は、もう半分焼け落ちた残骸をさらけているだけであり、驚いて私の顔を見守っている男にも、あの頃の面影はありませんでした。寺田は少し早口で、私が空襲で死んだと聞いていたと言い、それからちょっとおどけたような顔をして、左手で何もない右の袖を摑んで振ってみせたので、私は彼が廃人として日本へ戻ってきたことを知りました。

私の方では、しかし、玉砕したと聞いた彼が今生きて目の前にいることには驚きませんでした。私は信じていたのです。彼は必ず生きて還ってくると——私の処刑の手が待つ日本に必ず還ってくると——神が正しいなら必ず、——一人の愚かな夫にこの恐るべき殺戮を犯させた男の処刑だけは私の手に委ねて下さると——私はわずかも疑わずにいたのです。私は鞘間よりも寺田の方が遙かに罪が大きいと考えていました。寺田の罪の重さを、私は自分自身の罪の重さで知っていたのです。

寺田は、雨の中で左手を回し、私を抱き寄せたのですが、もちろん寺田は、自分の胸に顔を押しつけている一人の女が処刑者であることを知りませんでした。

内地に戻ってから寺田は一緒に引き揚げてきた松本信子という日本女性と共に暮していまし

た。松本信子は戦前から寺田を愛し続け、寺田のためにすべてを棄てようとした女性です。寺田の子供を産むと、その子供を抱いて大陸へ渡り、終戦後には寺田と二人内地に戻るため、その子供を大陸に棄ててきた人でした。寺田がその松本信子から離れて、横浜へ行こうと言ったとき、私は信子に会い、すべてを打ち明け、寺田を殺害する私の計画への協力を求めました。私の計画はただ二つの事実を隠すためだけのものでした。私が鞘間の妻であること、そして寺田の殺害に、戦争の真の責任を問う処刑の意味があること——これらのことだけは絶対に警察に知られてはならないことでした。そのために私は、自分が中国からの密航者であり、愛欲の果てに一人の男を殺害する、あの、警察が、誰もが信じていた一つの状況を創り出したのです。その芝居にはどうしても松本信子の協力が必要でした。

　私にはこの途方もない、馬鹿げた申し出を松本信子に承諾させる自信がありました。私は既に、鞘間に寺田武史が内地に生還したことを手紙で告げ、鞘間を死に追いつめておりました。直接の加害者は鞘間であり、私が死者三百十万人という記録の数字に、自分の罪を感じるのは開戦決定の際の鞘間の何十分の一かの発言のためではありましたが、しかし鞘間自体は、愛と自我のために狂った愚かな哀れな人だったと思っていました。あの一億人を巻きこんだ殺人事件の罪を私と頒ちあった一人の男を、何としても、同じ罪に手を染めた私自身の手で処刑しなければなりませんでした。私が、この申し出を受け容れてくれないなら、今すぐ私を殺しなさいと言って既に手に入れてあった鞘間の拳銃を渡すと、信子は慄える手で銃を私にあてていましたが、やがてそれを落とすとわっと泣き崩れました。私のとても安らかな顔に、信子は死よりも苦しい生を生き続けようという私の決意と、自分と同じ、愛のために狂い、その愛の残骸になってしまった一人の女の顔を見たのだと思います。「寺田を殺すなら、私も殺して欲しい。それならば計画に力を貸してもいい」と泣いて訴える信子を抱きしめて、私は黙って肯(うなず)きました。私には死の方がずっと楽だと——苦しみ続ける生よりも死の方を選ぼうとした信子の気持がよくわかりました。私自身が同じ気持をもっていましたから。私は信子を自分の本当の妹のように感じて両腕いっぱいに抱きしめながら、その時、南方の戦場で泥に首まで浸って、「手榴弾を下さい、殺して下さい」と、訴えていた兵士たちの話を思い出していました。私も信子も同じでした。ただ私は死さえ望むことも許されない大罪者でした。泥に首まで浸って、それでも生き続ける、死よりも苦しい生を生きなければならない大罪人だったのです。

——寺田は、横浜へ移ってから、私が戦中に少しずつ隠しておいた物品を売り捌いて暮しておりました。やがて信子も横浜へ移ってきたのですが、寺田は、私と信子の芝居には何も気づきませんでした。私が中国人の振りをするのは鞘間の妻であることを隠すためだと話してありましたし、私の頼みで信子が痴話喧嘩の際、中国語を使うのも、ただ信子が四年の大陸生活で中国語に慣れてしまったせいだと考えていたようです。

それにその頃、寺田はもう自分の生にさえ関心を払えなくなっていたのです。私を愛しているというより憎悪しているようにさえ見えました。おそらく寺田は、私を愛したためにすべてを狂わせた自分を憎悪し、その憎悪を私にぶつけ、私を傷(いた)めつけ辱しめるためにだけ私を離さなかったのだと思います。

最後の手紙です。真実を書きます。

私が戦後も毎晩のように寺田に抱かれたのは、ただ処刑の日を待っていたためだけとは思えません。私はそれが戦前の愛の空しい残骸とは知りながら、地獄の底で神から見放された二人の罪人が互いの罪を嘗めあうような悲惨な愛だとは知りながら、すべてを棄てこの男の躰のために地獄の底よりもさらに深い罪へ自分を貶めようと考えたこともあります。しかし、寺田の片腕に縛られて獣のような声を挙げながら、それでも最後の人間としての声を私は聞いていました。私はまだ神に繋っていた一筋の糸で、寺田との愛欲に溺れきることなく、その日を待ち続けたのです。私は自ら望んで街角に立ち躰を売りました。自らにそんな辱しめを与えることで、自分の生を少しでも制裁したかったのです。

——昭和二十三年、十一月十二日、七人の戦犯に死刑の判決が下りました。私が待っていたのはその開戦決定に関わりあったA級戦犯者への判決です。戦争というものが歴史の負わされた一つの宿命なのか、それとも、人間の責任なのか、私はその裁きの結果でしか知る術がなかったのです。ラジオのニュースを聞いて思わず目を閉じたので、私は自分のどこかにまだ戦争は人間の責任ではない、どうしようもない歴史の宿命なのだ、一人の男が開戦の叫び声を挙げたとしても、どう変りようもなかった歴史自体の罪だと言い逃れる気持があることを知りました。私はその日まで寺田を生かしてきた自分の最後の口実に目を閉じたのです。七人の戦犯の中には開戦に反対し、戦争を憎み続けた方もおられました。その方に比べたら、鞘間重毅とその妻とその情人の三人の戦争責任はもっと重いものでした。私たち三人は、文字通りの戦争犯罪者でしたから。

十二月二十三日午前零時、七人のA級戦犯者の死刑執行が終ると、一日経って、私は、寺田と落ち合せた宿へ――一人の真の戦争犯罪者の処刑の場へ向かったのでした。

――寺田は最後のとき、冗談はやめろ、というように卑屈な笑顔をむけ、私は自分でも信じられない涙を流しながら、銃口を寺田の胸に向けていました。私たちは、二人の愛が生み出したった一つの悲劇の最後の章に立っていました。私は何も考えることができずに、慄える指で本当にこの男の命を砕くことができるか、それだけを心配していました。そして寺田が動こうとしたので、私は決意する前に、何もわからぬまま、引金を引いていたのでした。

寺田にむけて――私がかつて奇跡のように愛していた一人の男にむけて、その愛の残骸にむけて――うらぶれた凱旋者が、それでも持っていた、生命というたった一つの勲章にむけて。

一発の銃声は、戦後三年目の日本の、誰一人知らない片隅の売春窟で、こうしてもう一つの終戦を告げたのでした。

私がその後二十余年、どんな風に生きて来たか、いいえ重すぎる罪をひきずって今日までどんな風にただ生命の鼓動の音だけを棄てずに来たか、それはもう語る必要もないでしょう。私はただ今日までの二十余年の自分を蝙蝠(こうもり)のように感じておりました。松本信子を殺害した後、私は玲蘭であることを隠すために日本人に戻り、日本人に戻って日本の着物をもう一度纏(まと)いながらも、今度は鞘間文香であることが露見するのを恐れて、中国風の香水をつけ、言葉に異国の響きをもたせ、手紙には異国の花の飾られた封筒を使うようになりました。私は警察に逮捕されるのを恐れながらも、またいざ逮捕されることになったらむしろ中国からの密航者である玲蘭のまま自分を葬ってしまいたいと思っていたのです。鞘間文香が生きていたこと――それだけはどんなことがあっても隠し通さなければならなかったのです。

そうして、そんな風に玲蘭と鞘間文香の二人の間を揺れ動いていた自分をいつも蝙蝠のようだと感じておりました。先生は鞘間重毅を一羽の愚かなカラスに喩えて〝虚飾の鳥〟と呼びましたが、私はそんな愚かなカラスにもなれない惨めな生き物としてこの二十余年を生きてきたのでした。

終章――ある一日

夏に入り、再び終戦記念日を迎える頃、万由子と秋生は結婚した。

挙式当日、花婿の控え室へ顔を出した柚木は、秋生がその正装には似合わぬ少し陰鬱な声でこういうのを聞いた。

「先生、寺田武史は、大陸で、死の戦場を求めてさまよいながら、やはり日本にいる鞘間夫人への愛情を断ちきれずにいたのではないかと思います」

秋生は、窓に近寄るとガラスに手を置いた。

「ショパンが滅びゆく祖国への追悼のつもりで書いたあの葬送行進曲の〝天使の慰さめの歌〟を、寺田があういう形に編曲したのは、ただ短歌をつくるためだけではなかったと思います。あの編曲の方の四分音符をモールス信号のツー、つまり、二分音符をツーツー、八分音符や装飾音をトンと考えると、こうなるんです」

――・・　・・―・―　・―・・

秋生は指で、そんな風にガラスを叩いた。

柚木は、目だけでその意味を問いかけた。

「フ——ミ——カ」

秋生はゆっくりと、小さな声で言った。

「寺田が自分の娘への楽譜に残し——死へ旅立つ晩に一従兵の指に遺そうとした言葉はあの短歌に隠された一つの犯罪事実よりも、一人の女への最後の愛だったのかもしれません。寺田は死の戦場を渡り歩きながら、日本にいる鞘間夫人にむけて、その名を、無音の指で叫び続けていたのではないでしょうか」

秋生は、黙って窓ガラスにその名を打ち続けた。そこは偶然、この春、愛鈴が滞在したホテルの一室で、窓からは遠くに町並を圧するように聳えたつ英霊たちの社の鳥居が見えた。

秋生の指が、まるでその鳥居に照準を定めた銃のように、一人の女の名をいつまでも打ち続けるのを、柚木も同じように黙した目で見守り続けていた。

もう一つの終章――凱旋の日

その日、東京の空が、不思議な色に翳った。

午前中、青く澄みわたっていた空に、黄色いしみのようなものが、徐々に広がり、やがて空全体が、黄色い薄絹をまとったようになった。

上空には風があるのか、その黄色い紗幕は、影の襞を、オーロラのように波うたせて空いっぱいに刻々と模様を織り続けていく。

毎年この時期になると、大陸の黄河流域から風に乗って日本へと運ばれてくる、黄砂と呼ばれる目には見えないほどの小さな砂の粒である。

二十何年も前、一つの歴史の最後の頁に、狂人じみた一人の男が殺意の花を降らせた、同じ空であった。尤も二十数年が経ち、人々はその日の廃墟も、その日の意味も忘れかけていた。敗滅から奇跡的に蘇った一つの都は新しい時代に装われ、その町並のどこにももう暗い歴史の終章の手懸りを求めることはできなかったのである。

その年の黄砂に、黄河を遙か距てた辺境の砂が含まれていることを誰も知らなかった。

遠い昔、一人の軍人が、その生命にも等しかった右腕を埋めた大陸最後の戦場の砂である。

一人の軍人の指は、今——二十数年経ってやっと、そんな砂となって、その軍人と運命を共にした故国への帰還を果たしたのである。

黄砂は、空いっぱいの帯となって吹く風の流れのすき間から零れだすと、蘇った都の喧噪を鎮めるように、ただ音もなく静かに、降り続けた。

細かい光の粒となって輝やきながら、それは、恰度(ちょうど)二十数年前一人の男の指が奏でた無音の曲をまねるように、新しい時代にむけて無言の凱歌を謳い続けていた。

解説

米澤穂信

昭和二十年八月十五日。廃墟となった帝都に、夾竹桃の雨が降る……。

あまりに美しい光景から幕を開ける本作『敗北への凱旋』は、長篇の暗号ミステリだ。

暗号とミステリは縁が深い。だが私の見るところ、この両者は、その関係の長さほどには相性がよろしくない。ミステリが小説の一形態である以上、パズルのみに終始しては最上とは言えない。一方で暗号の解読はそれ自体が一種のパズルであり、パズルならば純粋なパズルとして出題すればそれで充分である。ミステリと暗号は、互いに夾雑物になりかねないのだ。

優れた暗号ミステリは、この矛盾をクリアしなければならない。たとえばM・D・ポーストの短篇「大暗号」は、もっとも鮮やかに成功した例だ。泡坂妻夫「掘出された童話」も大労作かつ傑作だし、長篇ならば、竹本健治の『トランプ殺人事件』にはうんと唸らされる（連城、泡坂、竹本は同じ雑誌「幻影城」から世に出ている。なんと凄まじい時代だろう！）。

これらの小説は、暗号ミステリという形でしか表現しえないものを描き出すことに成功している。その要諦は、何者が誰に宛てて、どうして暗号などという手段を用いなければならなかったのか、というところにある。言いたいが、そのままでは言えない。伝えたいのに、伝えるわけにはいかない。誰かの、そういう屈託の結晶が暗号として表れるとき、暗号ミステリは「不純なパズル」から「豊かなミステリ」へと生まれ変わる。

そして本作は最高の暗号ミステリだ。

扱われる暗号は、解読表を別途用意するタイプのものだ。そして暗号も、解読表も、あまりに美しい。片腕を失って復員した兵士、寺田武史。彼は、将来を嘱望されたピアニストでもあった。満州に配属された寺田は、明日はソ連の大軍の前に死ぬだろうという夜、部下に一つの運指を教える。

私は、それが何の曲かは尋ねませんでした。尋ねても大尉は答えてくれない気がしたのです。

私はただ、

「この曲を誰に伝えたらいいのですか」

とだけ尋ねました。

「日本へ――」

この運指――つまり音楽が、一つの暗号なのである。

「戻り川心中」(同題短篇集所収)では、才をうたわれた一人の歌人が、自らの歌のために全てを抛った。「観客はただ一人」（『運命の八分休符』所収）では、誰よりも輝いていた女優が、あまりにむなしい舞台を演じた。連城作品の中で、芸術はしばしば、とても悲しい。本作の寺田武史もそうした悲劇の芸術家の一人であった。彼は音楽に暗号を秘めて、言葉にしてはならない言葉を託したのだ。

そして後年、平和と繁栄を取り戻した日本で、運命の導きに従ってついにその暗号が解かれるとき、一つの大犯罪が姿を現す。

本作を初めて読んだとき、私はその真相の迫力に打ちのめされた。それゆえの夾竹桃、それゆえの『敗北への凱旋』であったのか、と。連城は、『夕萩心中』のあとがきの中で、「花葬」シリーズは「ミステリーと恋愛との結合」を狙っていたと書いている。では本作『敗北への凱旋』において、ミステリと結合されたのは何であったか。人の、永遠に変わらぬ愚かさではなかったか。

全てがわかった瞬間、私は机に突っ伏した。顔を上げてはいられなかったのだ。私はこう思っていた。「片腕を失って、帰ってきたなんて！」。そうなのだ。寺田武史は、片腕を失って、帰ってきてしまったのだ。それがどれほど過酷で皮肉な運命であったのかは、本作をお読みになった方にはおわかりだろう。

本作の暗号は、技術的には極めて難易度が高い。読者が解くことはまず不可能だ。

しかしその難しさは、本作の重要な要素である。ばらばらに配られた暗号と解読表によって、真のメッセージは幾重にも隠される。その難易度にこそ、暗号製作者寺田武史の意思が滲み出ている。この暗号は誰にも解かれてはならなかったからこそ、あれほどまでに難しい。誰にも解かれてはならず、しかし発せずにはいられなかった暗号、それは虚空に放たれた呟きのようなものだ。

そして読者の視点から彼と彼の暗号を見るとき、声なき叫びと屈託が痛いほどに伝わってくる。謎が人の心をあらわす、これこそがミステリの、理想の形の一つだ。それゆえに本作『敗北への凱旋』は、最高の暗号ミステリなのだ。

『敗北への凱旋』は、一九八一年、「小説現代」六月臨時増刊号に一挙掲載された。そして翌八二年、同じ「小説現代」六月号に、大逆事件をモチーフにしたと思しき短篇「夕萩心中」が掲載されている。

この二作は、長篇と短篇という違いこそあるものの、表と裏の関係にある。類似した構図は、狂気と理性の差によって、まったく異なった展開を見せる。是非、読み比べていただきたい。

連城を読むと、いつもトリッキーということについて考える。トリッキーなミステリであるためには、少々の描写の甘さは許されるのではないか。論理性に奉仕するために、物語が多少犠牲になるのは仕方がないのではないか――。そんな低い志は、一篇の連城三紀彦によって打ち砕かれる。

愛らしくも美しい物語が、あまりにも人間性を欠いた崩壊に行き着く「花緋文字」(『夕萩心中』所収)。たった一つの小さなトリックが全ての幸せを打ち砕き、一人の女の心を浮き上がらせる「ベイ・シティに死す」（『密やかな喪服』所収）。そんな罪がこの世にあっていいのか、という言葉しか出てこない「夜よ鼠たちのために」（『夜よ鼠たちのために』所収）、二人の男が人生を賭けて演じたものの正体に胸がふるえる「白蘭」（『たそがれ色の微笑』所収）などの傑作群を読んでなお、「多少は仕方がない」などと誰が思うだろう。

虚構性の高いミステリも、私は好きだ。謎の洋館も嵐の山荘も大好きだ。しかし連城を読むと、「ミステリとはここまで書けるものだ」と眼前につきつけられるような気がする。連城三紀彦は、怖い作家だ。

そして本作『敗北への凱旋』は、もしかすると、もっとも怖い作品かもしれない。すばらしい暗号ミステリだから。もちろん、それもある。しかし……。

読んでいただきたい。かつて焼夷弾が降り、そして夾竹桃の花が降った東京に、今日は黄砂が降っている。

『敗北への凱旋』は一九八三年に講談社ノベルスより刊行された。編集に際しては著者の存命中に刊行された最終の版にあたる『敗北への凱旋　綾辻・有栖川復刊セレクション』（講談社ノベルス／二〇〇七年刊）を底本としたうえで、著者による修正が施されている講談社文庫版、ハルキ文庫版を参照した。

現在からすれば穏当を欠く表現については、執筆当時の時代性と著者が故人となっていることを鑑みて、原文のまま掲載した。

米澤穂信氏の解説は『敗北への凱旋　綾辻・有栖川復刊セレクション』（講談社ノベルス／二〇〇七年刊）に収録された文章を、本文庫への再録に際して改稿したものである。

（編集部）

検印
廃止

著者紹介 1948年愛知県生まれ。早稲田大学卒。78年「変調二人羽織」で第3回幻影城新人賞を受賞、79年に初の著書『暗色コメディ』を刊行する。81年「戻り川心中」が第34回日本推理作家協会賞を、84年『恋文』が第91回直木賞を受賞。2013年没。

敗北への凱旋

2021年2月26日　初版

著者　連城三紀彦（れんじょうみきひこ）

発行所（株）東京創元社
代表者　渋谷健太郎

162-0814/東京都新宿区新小川町1-5
電話　03・3268・8231-営業部
　　　03・3268・8204-編集部
URL　http://www.tsogen.co.jp
DTP　キャップス
理想社・本間製本

ISBN978-4-488-49814-6　C0193

からくり尽くし謎尽くしの傑作

DANCING GIMMICKS◆Tsumao Awasaka

乱れからくり

泡坂妻夫

創元推理文庫

玩具会社の部長馬割朋浩は
隕石に当たって命を落としてしまう。
その葬儀も終わらぬうちに
彼の幼い息子が誤って睡眠薬を飲み息絶えた。
死神に魅入られたように
馬割家の人々に連続する不可解な死。
幕末期まで遡る一族の謎、
そして「ねじ屋敷」と呼ばれる同家の庭に作られた
巨大迷路に秘められた謎をめぐって、
女流探偵・宇内舞子と
新米助手・勝敏夫の捜査が始まる。
第31回日本推理作家協会賞受賞作。

泡坂ミステリのエッセンスが詰まった名作品集

NO SMOKE WITHOUT MALICE◆Tsumao Awasaka

煙の殺意

泡坂妻夫

創元推理文庫

困っているときには、ことさら身なりに気を配り、紳士の心でいなければならない、という近衛真澄の教えを守り、服装を整えて多武の山公園へ赴いた島津亮彦。折よく近衛に会い、二人で鍋を囲んだが……知る人ぞ知る逸品「紳士の園」。加奈江と毬子の往復書簡で語られる南の島のシンデレラストーリー「閏の花嫁」、大火災の実況中継にかじりつく警部と心惹かれる屍体に高揚する鑑識官コンビの殺人現場リポート「煙の殺意」など、騙しの美学に彩られた八編を収録。

収録作品＝赤の追想，椛山訪雪図，紳士の園，閏の花嫁，煙の殺意，狐の面，歯と胴，開橋式次第

出会いと祈りの物語

SEVENTH HOPE◆Honobu Yonezawa

さよなら妖精

米澤穂信
創元推理文庫

◆

一九九一年四月。
雨宿りをするひとりの少女との偶然の出会いが、
謎に満ちた日々への扉を開けた。
遠い国からおれたちの街にやって来た少女、マーヤ。
彼女と過ごす、謎に満ちた日常。
そして彼女が帰国した後、
おれたちの最大の謎解きが始まる。
覗き込んでくる目、カールがかった黒髪、白い首筋、
『哲学的意味がありますか？』、そして紫陽花。
謎を解く鍵は記憶のなかに——。
忘れ難い余韻をもたらす、出会いと祈りの物語。

米澤穂信の出世作となり初期の代表作となった、
不朽のボーイ・ミーツ・ガール・ミステリ。

日本探偵小説全集

黒岩涙香から横溝正史まで、戦前派作家による探偵小説の精粋！

全12巻

監修＝中島河太郎

刊行に際して

現代ミステリ出版の盛況は、まことに目ざましい。創作はもとより、海外作品の夥しい生産と紹介は、店頭にあってどれを手に取るか、戸惑い、躊躇すら覚える。

しかし、この盛況の蔭に、明治以来の探偵小説の伸展が果たした役割を忘れてはなるまい。これら先駆者、先人たちは、浪漫伝奇の炬火を掲げ、論理分析の妙味を会得して、従来の日本文学に欠如していた領域を開拓した。その足跡はきわめて大きい。

いま新たに戦前派作家による探偵小説の精粋を集めて、新しい世代に贈ろうとする。

少年の日に乱歩の紡ぎ出す妖しい夢に陶酔しなかったものはないだろうし、ひと度夢野や小栗を垣間見たら、狂気と絢爛におののかないものはないだろう。やがて十蘭の巧緻に魅せられ、正史の耽美推理に眩惑されて、探偵小説の鬼にとり憑かれた思い出が濃い。

いまあらためて探偵小説の原点に戻って、新文学を生んだ浪漫世界に、こころゆくまで遊んで欲しいと念願している。

中島河太郎

1 黒岩涙香 小酒井不木 甲賀三郎集
2 江戸川乱歩集
3 大下宇陀児 角田喜久雄集
4 夢野久作集
5 浜尾四郎集
6 小栗虫太郎集
7 木々高太郎集
8 久生十蘭集
9 横溝正史集
10 坂口安吾集
11 名作集 1
12 名作集 2 付 日本探偵小説史